Fraz Xavier Schöberl

**Die Narratio des hl. Augustin**

Fraz Xavier Schöberl

**Die Narratio des hl. Augustin**

ISBN/EAN: 9783743605459

Hergestellt in Europa, USA, Kanada, Australien, Japan

Cover: Foto ©Andreas Hilbeck / pixelio.de

Weitere Bücher finden Sie auf **www.hansebooks.com**

Die

# „Narratio" des hl. Augustin

und

## die Katechetiker der Neuzeit.

Von

## Fr. X. Schöberl,

Pfarrer in Laibstatt.

Dingolfing.

Druck und Verlag von Leo Russy.

1880.

Der hl. Augustin hat ein wunderliebliches Büchlein geschrieben „de catechizandis rudibus“; ein anderer Bischof Augustin hat dasselbe in's Deutsche übersetzt und commentirt in den Vorlesungen[1]), welche er seinen Theologie-Candidaten persönlich gehalten hat. Diese beiden bischöflichen Namen deuten zur Genüge, daß es sich hier um etwas Wichtiges handle und daß keiner in's Katecheten-Amt eintreten soll, ohne vorher in den Geist und Inhalt dieses patristischen Werkes über Katechese eingeweiht zu sein.

Der hl. Augustin stellt in dieser seiner Schrift den Grundsatz auf: „Der erste katechetische Unterricht müsse ein historischer Vortrag — „narratio“ sein.“ Dieses Augustinische Dictum hat eine gewisse Berühmtheit erlangt, hat sich in allen katholischen und protestantischen Katechetiken eingebürgert und ist gleichsam zur Wasserscheide geworden, von wo aus die katechetischen Systeme in verschiedenen, ja sogar entgegengesetzten Richtungen auseinander laufen. Die „narratio“ des hl. Augustin, worauf sich die verschiedenen Katechismus-Bearbeitungen berufen, hat dadurch principielle Bedeutung gewonnen, so daß die Geschichte des Katechismus jedem unverständlich bleibt, der nicht vorher einen klaren Begriff über die „narratio“ im Sinne des heiligen Augustin sich verschafft hat.

Es dürfte deßhalb für jeden Katecheten von Interesse sein, über diesen Cardinalpunkt des katechetischen Unterrichtens genauer sich zu orientiren, um so mehr, da hieburch die wichtigsten Fragen in Sachen des Katechismus ihre principielle Lösung finden.

Indem wir daran gehen, zu diesem Zwecke das Büchlein „de catechizandis rudibus“ zu analysiren, werden drei Punkte zu besprechen sein:

I. Ist sich zu verständigen über den damaligen Begriff von „rudis“ und „catechizare“

---

[1]) Diese Vorlesungen, welche Fürsterzbischof Augustin G r u b e r zu Salzburg in den Wintersemestern 1828 und 1829 gehalten, sind im Jahre 1844 bereits in III. Auflage gedruckt worden und haben heute noch großen katechetischen Werth.

II. Ift aus dem Contexte des Buches zu beſtimmen, welchen Begriff der Verfaſſer ſelbſt mit dem Worte „narratio" verbunden hat.

III. Endlich ſollen damit die verſchiedenen Deutungen verglichen werden, welche bezüglich der narratio von den katechetiſchen Schriftſtellern neuerer Zeit mit mehr oder weniger Glück verſucht worden ſind.

## I.

Rudis im klaſſiſchen Latein würde eine geiſtige Natur bezeichnen, deren Kräfte und Fähigkeiten noch unentwickelt in den erſten Windeln liegen (Kinder, Schwachſinnige), ohne bisher einen Lehrer gefunden zu haben, der ihnen das, was man Bildung nennt, hätte beibringen können oder wollen; rudis alſo iſt eine geiſtige Natur, arm an Inhalt und Form, arm an Geiſt und Willensbildung.

Im Kirchenlatein des hl. Auguſtin hat rudis eine ganz andere Bedeutung. Rudis iſt ihm jeder Nicht = Chriſt, welcher das kirchliche Katechumenat noch nicht durchgemacht hat, gleichviel ob derſelbe talentvoll oder ſchwachſinnig, gebildet oder ungebildet iſt. Im 8. und 9. Kapitel erſcheinen Rhetoren und Grammatiker, die in den ſchönen Künſten bewandert ſind, dann wiſſenſchaftlich gebildete Männer — e-ruditi, quorum mens magnarum rerum est exercitata quaestionibus —; allein ſie ſind noch nicht Chriſten, wollen es erſt werden, und darum faßt der hl. Kirchenlehrer dieſelben unter den Begriff „rudis." „Solch gelehrte Männer, ſagt er, haben gar oft durch Privatforſchungen und Beſprechungen mit gebildeten Chriſten ſich die nothwendigen Vorkenntniſſe über das Chriſtenthum verſchafft;" man kann ſie alſo nicht Unwiſſende in der Religion heißen. Gleichwohl werden ſie unter die „rudes" gerechnet, weil ſie noch nicht Chriſten ſind und das Katechumenat der Kirche nicht durchgemacht haben [1]).

Ueber den Begriff rudis wird nur derjenige klares Verſtändniß gewinnen, der die drei Stufen des Katechumenats, wie es zu Zeiten des h. Auguſtin ſich ausgebildet hatte, genauer kennt.

1. Wenn ein Jude oder Heide, innerlich durch die Gnade Gottes — äußerlich durch irgend einen Anſtoß veranlaßt, ſich zum Chriſtenthum berufen glaubte, ſuchte er einen gebildeten Chriſten auf, um

---

[1]) Inſoferne iſt es nicht ganz genau, wenn Gruber den Titel „de catechizandis rudibus" ſo überſetzt: „Von der Unterweiſung der Unwiſſenden in der Religion."

Rudis heißt jeder Nicht=Chriſt und Nicht-Katechumene, wenn er auch auf Privatwegen ſchon reichliche Kenntniſſe über die chriſtliche Religion ſich verſchafft hat, alſo gewiß darin nicht mehr unwiſſend iſt. Freilich läßt ſich rudis nicht leicht beſſer überſetzen als Gruber gethan, weil eben für dieſen terminus technicus im Deutſchen das genau entſprechende Wort fehlt. Bezſchwitz überſetzt rudis mit „Anfänger im Chriſtenthum". —

die ersten Aufschlüsse über die christliche Lehre zu erhalten. Von der Kirche selbst waren zu diesem Zwecke Diakonen und Diakonissinen bestellt, jene für die Männer — diese für die Frauen. In Carthago war es der Diakon Deogratias, welcher von Juden und Heiden ganz besonders gern aufgesucht wurde, um von ihm diesen ersten Unterricht in der christlichen Religion zu empfangen.

In Hippo war der Priester und später Bischof Augustin als Meister in diesem Unterrichtsfache hochberühmt. Leute aus allen Ständen wendeten sich in dieser Absicht an ihn, wie er selbst gesteht: „Weil es sich hier von der Unterweisung der Unwissenden in der Religion handelt, so muß ich aus meiner Erfahrung das Zeugniß ablegen, daß ich mich ganz verschieden gestimmt fühle, wenn ich vor mir als Katechumenen einen Gelehrten sehe oder einen von trägem, beschränkten Geiste, einen Bürger oder einen Fremden, einen Reichen oder einen Armen, einen von niedrigem Stande oder einen Angesehenen oder in einem höhern Amte Stehenden, einen Menschen aus diesem oder jenem Volke, von diesem oder jenem Alter und Geschlechte, von dieser oder jener Sekte, von diesem oder jenem gemeinen Volksirrthume Kommenden; — und nach der Verschiedenheit meiner Gemüthsstimmung ist auch mein Vortrag in seinem Ende verschieden“. Cap. 15.

Sogar der Diakon Deogratias, obwohl selbst tüchtig in seinem katechetischen Fache, wendet sich an Augustin, diesen Meister in Israel, um von ihm die erprobtesten Grundsätze zu erfahren, wie man den sich meldenden Nicht=Christen den ersten christlichen Unterricht beibringen solle. Das war die Veranlassung zur Abfassung des Büchleins de catechizandis rudibus.

Es handelt sich da eigentlich um eine Missionsthätigkeit der Kirche, über ihre Gränzen hinaus auf diejenigen sich erstreckend, die noch außer der Kirche standen. Diese sollten durch Unterweisung im christlichen Glauben und in den christlichen Sitten aus Nicht=Christen erst zu Christen gemacht werden, was der hl. Thomas als instructio conversiva bezeichnet.

Am Schlusse derselben wurde der Zuhörer gefragt, ob er das Vorgetragene zu glauben und zu beobachten gewillt sei? Wenn ja, dann wurde er zum Bischof geführt und von diesem mit dem heil. Kreuze bezeichnet. Das hieß man einen Juden oder Heiden „zum Christen machen.“ Hiemit war das Ziel der ersten Stufe des Katechumenats erreicht Cap. 26.

2. Jetzt begann ein eigentliches Noviziat, eine Probezeit, während welcher der neue „Christ“ je nach Bedürfniß bald kürzer, bald länger — oft bis zu zwei und drei Jahren — im christlichen Glauben eingehender unterrichtet, des bisherigen heidnischen Lebens entwöhnt und nach den Geboten christlicher Sitte erzogen wurde.

1*

War durch Zeugen oder nach Vornahme einer Prüfung (scrutinium) nachgewiesen, daß der Zweck des Noviziats erreicht sei, dann wurde ein solcher Katechumene bei Beginn der Fastenzeit in das Verzeichniß der Taufcandidaten (competentes) eingeschrieben. Dieses zweite Stadium des Katechumenats konnte in bestimmten Fällen in Wegfall kommen, z. B. „wenn zu dir, um unterrichtet zu werden (catechizandus), ein wissenschaftlich gebildeter Mann kommt, der schon beschlossen hat, ein Christ zu sein, und deßhalb kommt, um es zu werden. Da wird es kaum möglich sein, daß diesem nicht schon vieles aus unsern Schriften und aus unserer Lehre bekannt sein sollte; so daß er schon als ein Unterrichteter nur zum Empfange der Sacramente kommt. Solche Personen nämlich pflegen nicht in dem Augenblicke, wo sie Christen werden, sondern schon früher, alles fleißig zu untersuchen und ihre Gemüthsbewegungen auch andern mitzutheilen und sie mit denselben zu durchforschen. Mit diesen muß man also kurz verfahren."

3. Die Katechumenen im engsten Sinne des Wortes waren die im letzten Stadium, die während der Fastenzeit gewöhnlich vom Bischof selbst auf Empfang der Taufe, Firmung und Eucharistie vorbereitet wurden. Berühmt waren in dieser Beziehung die Katechesen des heil. Erzbischofs Ambrosius von Mailand, sowie die des hl. Cyrillus, Bischofs von Jerusalem, welch' letztere wir noch als kostbare Reliquie der Katechumenatszeit besitzen. Durch Katechisation und Exorcisation [1]) mit Fasten und Beten wurden die Taufcandidaten während der Quadragesima in das Symbolum apostolicum als die allgiltige Glaubensregel eingeweiht und auf die Abrenuntiation vorbereitet, welche unmittelbar vor der Taufe abgelegt werden mußte als Ende des alten und Anfang des neuen Lebens. In der Osterwoche dann wurde den Neugetauften in den s. g. mystagogischen Katechesen der nähere Unterricht über die Sacramente und den Gottesdienst ertheilt, nämlich über Taufe, Firmung, Eucharistie, Meßopfer und Gebet des Herrn.

Damit war der Zielpunkt der katechetischen Zubereitung erreicht.

Jetzt werden wir verstehen, mit welcher Klasse von Katechumenen das Buch de catechizandis rudibus sich beschäftigt: nicht mit Getauften, sondern mit Ungetauften; nicht mit Kindern, sondern mit Erwachsenen; nicht mit solchen, die schon Christen sind, sondern mit solchen, die es erst werden wollen; die das Noviziat des Christen-

---

[1]) Die drei Stufen des Katechumenats mit ihrer zeitlichen Aufeinanderfolge sind genau bezeichnet im 95. Canon des Quinisextum: Primo quidem die ipsos Christianos facimus, secundo Catechumenos; deinde tertio exor cizamus sive adjuramus ipsos. Vgl. Geschichte des Katechumenats und der Katechese in den ersten sechs Jahrhunderten von Johann Mayer; Kempten 1868.

thums noch nicht angetreten haben, vielmehr noch außerhalb der Kirche stehen.

Vergleichen wir die katechetische Stellung des heil. Augustin gegenüber seinen erwachsenen Juden und Heiden, die er erst zu Christen bekehren soll, mit der Stellung eines Katecheten gegenüber den bereits getauften und christlich erzogenen Kindern unserer heutigen Volksschule: so wird jetzt schon der himmelweite Unterschied in die Augen springen und einleuchten, daß der Katechismus des hl. Augustin ad rudes nicht in allweg maßgebend sein könne für einen katholischen Schulkatechismus, daß man vielmehr in dieser Beziehung auf den Taufkatechismus des hl. Cyrillus zurückgreifen müsse.

Gruber bemerkt deßhalb in seinem Commentar wiederholt, daß dieses und jenes aus dem Werke des hl. Augustin de catech. rudibus für den Kinder-Unterricht keine Anwendung finden könne.

## II.

Wenn einer, der aus dem Kelche „deutscher Wissenschaftlichkeit" getrunken, beauftragt würde, Juden oder Heiden zum Christenthum zu bekehren, der würde jedenfalls mit einem Tractat über die Messianität Christi oder de Deo uno et trino den Anfang machen und das streng demonstrative Verfahren für das allein Richtige halten. Eine Apologie des Christenthums dürfte einem solchen Convertiten nicht erspart bleiben, um seinen Verstand zu überzeugen und für die christliche Wahrheit zu gewinnen.

Nicht so der hl. Augustin. Ihm ist der Katechet kein Apologet, kein Controversist, sondern ein Bote Gottes und der Kirche, welcher das göttliche Wort nur zu verkünden, nicht zu beweisen hat; ein von Gott bevollmächtigter Lehrer, der von den Großthaten Gottes Zeugniß gibt, gleichwie „die Himmel die Glorie Gottes erzählen und das Firmament Kunde gibt von den Werken seiner Hände." Dem Katecheten ziemet nicht die demonstratio, sondern die narratio.

Was ist nun diese narratio im Sinne des heil. Augustin? welches ist ihr Inhalt, ihre Methode, ihr Endzweck? Das ist jetzt die Frage.

### 1. Inhalt.

„Der vollständige erzählende Unterricht (narratio plena) wird ertheilt, wenn jemand zuerst unterwiesen wird anfangend von dem, was geschrieben steht: „Im Anfang schuf Gott Himmel und Erde" — bis zu den gegenwärtigen Zeiten der Kirche. Darum aber müssen wir nicht die ganzen Bücher Moysis, der Richter und Könige, und die Bücher Esdrä und das ganze Evangelium und die Apostelgeschichte, wenn wir sie von Wort zu Wort auswendig gelernt haben, aus dem Gedächtnisse wieder heraussagen wollen; oder auch mit unsern eigenen Worten alles, was in diesen Büchern enthalten ist, erzählend vortragen und auslegen wollen, da hiezu die Zeit nicht hinreicht und es auch gar nicht nothwendig ist: — sondern wir müssen alles summarisch und im allgemeinen zusammenfassen, so daß wir daraus nur einige besonders wunderbare Ereignisse auswählen, welche mit größerer Annehmlichkeit angehört werden und in den Zeiträumen selbst als Hauptereignisse sich darstellen". Cap. 3.

Der hl. Augustin gibt selber, um seine katechetischen Principien praktisch faßbar zu machen, zwei Musterkatechesen, eine längere und eine kürzere. Der erste Theil enthält einen erzählenden Vortrag über die Religionsgeschichte, welche er nach sechs Zeitaltern ausgliedert. Cap. 22. Das erste reicht von Adam bis Noe; das zweite von Noe bis Abraham; das dritte von Abraham bis David; das vierte von David bis zur babylonischen Gefangenschaft; das fünfte bis zur Ankunft Christi. Von Christus beginnt das sechste Zeit-Alter d. i. die Kirche des neuen Bundes. Nach den sechs Zeitaltern aber tritt der himmlische Sabbat ein, wo Gott ruhen wird in seinen Heiligen und seine Heiligen in ihm. Cap. 17.

Die „Hauptereignisse", welche St. Augustin in diesen sechs Zeitaltern als Gegenstand seiner narratio herausgreift, sind folgende:

1) Caput 19. Schöpfung und Sündenfall des Menschen. Gute und böse Menschen in der Welt und auch in der Kirche.
2) Sündfluth. Noe gerettet durch die Arche.
3) Abraham, Stammvater des gläubigen Judenvolkes — Vorbild Christi in der Kirche.
4) Caput 20. Knechtschaft und Erlösung des gläubigen Volkes durch Moses. Osterlamm. Wasser des rothen Meeres.
5) Einzug in's gelobte Land. Erbauung Jerusalems und des Tempels. David.
6) Caput 21. Babylonische Gefangenschaft. Rückkehr. Herrschaft der Römer.
7) Cap. 22. 23. Der Erlöser kommt. Osterlamm. Pfingsten kommt und der hl. Geist.

Cap. 24. Anfänge der Kirche und ihr Martyrium.

Auf diesen geschichtlichen Vortrag folgt noch ein Unterricht über die Auferstehung der Leiber, über Lohn und Strafe im ewigen Leben, mit der Aufforderung, das Gesetz Gottes zu halten, die Bösen zu fliehen und an die guten Christen sich anzuschließen. Cap. 25.

### 2. Methode.

Die narratio soll aber nicht eine mechanische Juxtaposition nackter Thatsachen sein, nicht ein Nebeneinander und Nacheinander von Geschichten, sondern lebensvolle Geschichte. Wie der schöne Organismus des Kosmos im Sechstagewerk der Schöpfung nach und nach in die Erscheinung trat: so will der heil. Augustin das

herrliche Reich Christi und der Kirche in den sechs Zeitaltern gleich=
sam vor den Augen seiner Schüler wachsen und sich organisch ent=
wickeln lassen, „so daß über alle Ereignisse und Handlungen, die
wir erzählen, auch die Ursachen und Gründe angegeben wer=
den, durch welche dieselben auf jenes Ziel der heiligen Liebe, von
dem weder der Handelnde noch der Redende sein Auge abwenden
darf, bezogen werden müsse . . . . Die Ursachen und Gründe dürfen
wir aber nicht so anführen, daß unser Herz und unsere Zunge, mit
Verlassung des geschichtlichen Ganges der Erzählung, sich in die Ver=
wickelungen einer schweren Forschung verliere; sondern daß die Wahr=
heit der angeführten Gründe nur wie das Gold sei, in das eine
Reihe von Edelsteinen gefaßt wird, das nicht mit unmäßiger An=
wendung die zierliche Reihe stören darf.“ Cap. 6.

Der hl. Augustin will also den Causalnexus der wich=
tigen Thatsachen in den sechs Zeitaltern sowie auch die Gründe
angedeutet wissen, warum dieselben gerade in dieser oder jener Weise
(rationes) geschichtlich geworden sind. Er bezeichnet diesen Causal=
nexus, welcher als rother Faden durch die sechs Zeitalter läuft und
dieselben zur Einheit verbindet, in der Weise, „daß der neue
Bund im alten verborgen enthalten war, der neue
Bund aber nur die Offenbarung des alten ist.“
Cap. 4. „Im Volke Israel wurde allerdings viel augenscheinlicher
die künftige Kirche vorgebildet . . . . Von diesen Heiligen (des
alten Bundes) sind nicht nur die Worte, sondern auch ihr Leben,
ihre ehelichen Verbindungen, ihre Söhne und ihre Thaten eine Prophe=
zeiung jener Zeit, in der die Kirche aus allen Völkern durch den
Glauben an das Leiden Christi gesammelt dasteht . . . . In all
diesen Dingen wurden die geistigen Geheimnisse vorgebildet,
welche Christum und seine Kirche betreffen.“ Cap. 19.

### 3. Endzweck.

Inhalt und Methode der narratio soll darauf berechnet sein,
im Zuhörer Glaube, Hoffnung und Liebe zu erwecken. „Quidquid
narras, ita narra, ut ille, cui loqueris, audiendo credat, credendo speret, sperando amet.“ Cap. 4.

Zwar soll der erzählende Unterricht zunächst dem Gedächt=
nisse den Erkenntnißstoff zuführen, und deßwegen ist es empfehlens=
werth, Nebensächliches beiseite zu lassen und nur die Hauptereignisse
herauszugreifen, damit das Gedächtniß des Zuhörers nicht durch die
Menge in Verwirrung gebracht werde und nicht schon ganz ermüdet
zur Hauptsache komme. Cap. 3. Auch der Verstand soll durch
diesen Unterricht erleuchtet werden; darum darf man beim Erzählen
die Hauptereignisse nicht blos in allgemeine Ausdrücke verhüllt dar=
stellen und schnell wieder dem Auge entrücken, sondern bei denselben
etwas länger verweilen und sie zergliedert und ausgebreitet vorlegen,

auch das Betrachtungs= und Bewunderungswürdige daran dem Geiste der Zuhörer vorhalten; das Uebrige aber in schnell durchlaufende Anführungen zusammenfassen. Cap. 3.

Daß aber der Verstand durch ein apologetisches Beweisver= fahren von der christlichen Wahrheit überzeugt oder durch die motiva credibilitatis syllogistisch bearbeitet werden müsse, davon ist nirgends die Rede, selbst da nicht, wo es sich (cap. 8) von Unter= weisung der wissenschaftlich Gebildeten handelt. Von diesen heißt es nur: „Wenn ein solcher vorher schon auf Bücher eines Ketzers ge= rathen ist und die darin enthaltenen falschen Lehren etwa für katho= lische Wahrheit hinnimmt: der muß mit vollem Eifer, mit Vor= haltung des Ansehens der allgemeinen Kirche und der Streitschriften und Ausarbeitungen ausgezeichnet gelehrter Männer, die in der Wahrheit der Kirche blühen, unterrichtet werden . . . . Man muß dabei, zur Vermeidung der Irrthümer des Stolzes, so viel von dem Ansehen eines Lehrenden annehmen, als man sieht, daß die Demuth, die jenen zu uns geführt hat, es zu= lasse. Indem man alles Uebrige nach der heilsamen Lehrvor= schrift, sowohl in Betreff des Glaubens, was davon zu erzählen und zu erklären ist, als auch in Betreff der Sitten und in Betreff der Versuchungen auf die Weise, wie ich gesagt habe, schnell durchgeht, muß alles auf jenen übervortrefflichen Weg (der heiligen Liebe) be= zogen werden." Cap. 8.

Wenn also auch der Verstand des Zuhörers nicht unberücksich= tigt bleiben darf, so ist's doch nicht die Dialektik des Lehrenden, son= dern vielmehr die Logik der erzählten Thatsachen oder vielmehr die in denselben waltende Teleologie Gottes, wodurch der Verstand für die Annahme der christlichen Wahrheit zubereitet werden soll. Das katechetische Hauptziel bleibt immer, es dahin zu bringen, daß der Zuhörer glaubt, hofft, liebt.

Nicht um das Wissen und Verstehen, sondern zunächst um das Glauben handelt es sich bei der Katechese. Daher stellt der hl. Augustin am Schlusse seiner Musterkatechese (cap. 26) — als ter= minus narrationis — die Frage: ob der Schüler das Vorgetragene glaube und halten wolle (an hæc credat atque observare desideret)? Da wird nichts disputirt, nichts controversirt, nichts demonstrirt; nicht gefragt, ob er das Vorgetragene verstehe, sondern blos, ob er glaube oder nicht?

Selbst wenn die Geschichte der Schöpfung, welche doch dem natürlichen Erkennen und Wissen nahe liegt, erzählt wird, geschieht es nur, um dem Heiden oder Juden, welcher Christ werden will, zu sagen, „de hominis et rerum aliarum creatione quid cre= dendum". (cap. 18.)

Die Auferstehung der Todten war eine bei Juden und Heiden

viel ventilirte Frage und wurde über diesen Glaubenspunkt der christlichen Lehre viel gewitzelt und gespottet. Die Auferstehung, weil erst in der Zukunft eintretend und daher noch nicht geschichtliche Thatsache, ist kein Gegenstand der narratio, sondern wird erst nach Schluß derselben katechetisch behandelt. Man sollte meinen, wenigstens hier würden die Einwürfe der Spötter widerlegt und die Glaubwürdigkeit der Auferstehung nachgewiesen: doch nein, die Musterkatechese bringt auch hier geraden Weges auf das Glauben und führt nur nebenbei, um die Freudigkeit des Glaubens zu wecken, einen Stützpunkt aus dem natürlichen Denken an. „Crede ergo fortiter et inconcusse!" Cap. 25. „Wir glauben an die Auferstehung der Leiber und an das Gericht zum ewigen Lohne oder zur ewigen Strafe, nicht so als würde der Leib durch den Tod aufgelöst, sondern so, daß der Leib (der Bösen) ein für ewige Schmerzen empfänglicher Gegenstand werde."

„So trachte also durch unwandelbaren Glauben und durch gute Sitten, o trachte, mein Bruder! jenen Qualen zu entgehen . . . . und entbrenne von Liebe und Verlangen nach dem ewigen Leben der Heiligen . . . . Wir werden alle, wie wir es auf seine Verheißung hoffen und mit Zuversicht erwarten, den Engeln gleich und mit ihnen und gleich ihnen den dreieinigen Gott im Schauen genießen, in dem wir jetzt im Glauben wandeln. Wir glauben nämlich das, was wir nicht sehen, damit wir durch das Verdienst des Glaubens würdig werden, das, was wir glauben, auch zu sehen und an demselben ganz zu hängen." Cap. 25.

Hier geht also das Glauben schon in Hoffen über. Credendo speret. „Nach Vollendung des geschichtlichen Unterrichts (finita narratione) ist die Hoffnung unserer Auferstehung zu verkünden, und nach den Fähigkeiten und den Kräften des Zuhörers und soviel es die ausgemessene Zeit zuläßt, ist gegen die eitlen Spöteleien der Ungläubigen von der Wiederaufstehung des Leibes zu handeln . . . . und nachdem mit Abscheu und Entsetzen die Strafen der Gottlosen angeführt wurden, ist das Reich der Gläubigen und jene himmlische Stadt und deren Freuden, mit Aeußerung der Sehnsucht darnach, zu predigen." Cap. 7.

Auf Grund dieser Hoffnung wird sogleich der Unterricht über die Gebote des christlichen Lebens aufgebaut. Sperando amet.

Das eben ist das Ziel des Zieles bei allem Unterrichten: die Liebe aus reinem Herzen und gutem Gewissen und ungeheucheltem Glauben. Timoth. 1, 5. Darauf müssen wir all unser Reden beziehen; daraufhin auch das Augenmerk desjenigen, den wir mit unsern Worten unterweisen, unverrückt hinrichten. Cap. 3.

Schöberl, St. Augustin. 2

Chriſtus iſt hauptſächlich darum gekommen, daß der Menſch
erkenne, wie ſehr Gott ihn liebe, und alſo einſehe, wie er zur Liebe
desjenigen, von dem er zuerſt geliebt war, entbrennen müſſe; und
wie er ſeinen Nächſten auf den Befehl und nach dem Beiſpiel desjenigen lieben müſſe, der ihm der Nächſte geworden iſt. Nachdem
die ganze heilige Schrift, die vorausgeſchrieben ward, nur zur An-
kündigung der Ankunft des Herrn geſchrieben iſt, und was ſpäterhin geſchrieben und durch göttliches Anſehen bekräftiget iſt, uns von
Chriſto erzählt und zur Liebe ermahnet: ſo iſt offenbar, daß nicht
nur das ganze Geſetz und die Propheten in den zwei Geboten der
Liebe Gottes und des Nächſten, ſondern auch alles, was ſpäterhin
heilſam geſchrieben und in den heiligen Büchern auf uns überliefert
worden iſt, in dieſen Geboten der Liebe hange ....
Indem du dir nun dieſe Liebe als das höchſte Ziel vorhältſt,
auf das du alles, was du ſagſt, beziehſt; ſo unterweiſe durch Erzählen, was du immer erzähleſt, ſo, daß der, zu dem du ſprichſt,
durch Anhören glaube, durch Glauben hoffe, durch Hoffen liebe. Cap. 4.

So haben wir aus dem Text des heiligen Auguſtin nachge-
wieſen, was er unter narratio verſtehe und was dieſelbe nach Inhalt, Methode und Endziel ſei.

Als Facit der bisherigen Unterſuchung heben wir folgende
Punkte hervor:

a.    Im Buche de catechizandis rudibus handelt es ſich nicht
um einen Katechismus für getaufte Kinder, auch nicht für erwachſene
Taufcandidaten, ſondern nur um einen Convertiten-Unterricht für die
noch außer der Kirche ſtehenden Juden und Heiden, welche ſich zum
Eintritte in's Chriſtenthum erſt melden. Dieſen ſoll der
Glaubensſtoff vorerſt in Form eines geſchichtlichen Vortrages (narratio) mitgetheilt werden. Dieſer katechetiſche Grund-
ſatz iſt nicht erſt vom heil. Auguſtin erfunden worden, ſondern hat
ſchon lange vor ihm allgemeine Geltung gehabt. Der Diakon Deogratias kennt denſelben recht gut und bittet den heil. Auguſtin blos
um Belehrung über die rechte Art und Weiſe dieſes geſchichtlichen Vortrages: unde exordienda, quousque sit perducenda
narratio? utrum exhortationem aliquam terminata narratione
adhibere debeamus? Cap. 1. Der heil. Auguſtin verſpricht ihm
beßhalb, er wolle in ſeinem Büchlein handeln „zuerſt von der Art
und Weiſe des erzählenden Unterrichtes, die du, wie ich erſehen,
kennen zu lernen wünſcheſt; und dann von dem Vorhalten der Gebote und der Ermunterung zu deren Befolgung.“ Cap. 2.

Ein Beiſpiel ſolch geſchichtlicher Unterweiſung finden wir ſchon
bei Lukas 24, 18—28, wo Chriſtus der Herr ſelbſt ſich würdiget,
die zwei Emmausjünger zu fragen, was ſie über die jüngſten Ereig-
niſſe, über Leben, Tod und Auferſtehung Chriſti bereits wiſſen, um

daran die narratio anzuknüpfen, anfangend von den Büchern Mosis, durch alle Propheten bis auf die Gegenwart erklärend, was diese alles von ihm sagten: daß Christus leiden und so in sein Reich eingehen müsse. Das Endziel dieser narratio war die entflammte Liebe. „Wie brannte unser Herz in uns, während er auf dem Wege redete und uns die Schriften auslegte!" Luk. 24, 32.

Bald darauf erscheint Christus den Aposteln und Jüngern, welche gar nicht glauben konnten und vor Freude außer sich waren, und sagt ihnen: „Das sind die Worte, welche ich zu euch gesprochen habe, als ich noch bei euch war, daß nämlich alles erfüllt werden muß, was von mir geschrieben steht im Gesetze Mosis, in den Propheten und Psalmen. Denn so steht's geschrieben, und so mußte Christus leiden, am dritten Tage von Todten auferstehen, und so muß in seinem Namen Buße und Verzeihung der Sünden an alle Völker geprediget werden. Ihr aber seid hiefür die Zeugen." Luk. 24, 44—48.

Die Rede des hl. Stephanus in der Versammlung der Juden ist ein eclatantes Beispiel einer narratio (Act. 7, 2—54). Was also der hl. Augustin über diese Lehrweise sagt, beruht auf biblischem Grunde, auf apostolischer Tradition.

b. Die narratio ist nur der erste Theil des Katechismus, nicht aber der Katechismus selbst. „Der vollständige erzählende Unterricht (narratio plena) wird ertheilt, wenn jemand zuerst (primo) unterwiesen wird von dem, was geschrieben steht: „Im Anfang schuf Gott Himmel und Erde" — bis zu den gegenwärtigen Zeiten der Kirche." Cap. 3.

„Nach Vollendung des geschichtlichen Unterrichtes (narratione finita) ist die Hoffnung unserer Auferstehung zu verkünden, auch von der Wiederauferstehung des Leibes zu handeln; von der Güte des künftigen letzten Gerichtes gegen die Guten, von der Strenge gegen die Bösen; dann ist das Reich der Gerechten und Gläubigen und jene himmlische Stadt und deren Freuden zu predigen.

Hierauf (tum) muß die Schwäche des Menschen belehrt und ermuthiget werden gegen die Versuchungen und Aergernisse, die sowohl außer — als auch innerhalb der Kirche selbst da sind: außerhalb von Seite der Heiden, Juden und Ketzer; innerhalb aber von Seite derjenigen, die als Spreu gelten auf der Dreschtenne des Herrn . . . . Dem Katechumenen müssen auch kurz und mit Anstand die Vorschriften eines christlichen und ehrbaren Wandels bekannt gemacht werden."

Hier ist also die narratio als erster Unterricht über den Glauben genau ausgeschieden von dem Unterricht über die letzten Dinge (Hoffnung) und über die christliche Sittenlehre (Liebe), während von

2*

den Sacramenten, vom Opfer und Gebet diesen Proselyten des Juden- und Heidenthums gegenüber noch gar keine Rede ist. Die narratio ist sonach im katechetischen Systeme des hl. Augustin nur der erste Theil und nicht das Ganze des Katechismus; wenn gleichwohl die katechetischen Schriftsteller — protestantische und katholische, deutsche und französische — einander nachschreiben: „Der Katechismus soll historisch sein", — und sich dabei auf die narratio des heiligen Augustin berufen: so scheinen sie dessen Werk de catechizandis rudibus entweder nicht gelesen oder nicht verstanden zu haben.

c. Das katechetische Zaubersprüchlein: „Der Katechismus soll historisch sein" — ist höchst zweideutiger Natur. Das kann heißen: der Stoff des Katechismus oder die Methode desselben muß geschichtlich sein. Keines von beiden hat St. Augustin gemeint, wenn er von narratio spricht.

Allerdings der Glaubensstoff — quæ sunt credenda — soll dem Geiste der Convertenden durch Erzählung der biblischen und Kirchengeschichte in allgemeinen Umrissen zugeführt werden; daß aber auch die christliche Sittenlehre und der Unterricht von den Sacramenten durch Erzählung von Geschichten beigebracht werden soll, davon sagt der hl. Augustin kein Wort. Im Gegentheile nicht einmal die Glaubenslehre fällt ganz in das Bereich der narratio, weil erst, wo dieselbe schließt (finita narratione), der Unterricht über den Glauben an die letzten Dinge, dann über die Sittenlehre beginnt. Also liegt es gar nicht im Sinne des hl. Augustin, daß der Gesammtstoff des Katechismus geschichtlicher Vortrag sein soll.

Ebensowenig, ja nirgends behauptet derselbe, daß die Methode des ganzen Katechismus eine historische sein müsse. Was ist denn überhaupt die historische Methode? Es gibt in der Katechetik eine analytische und synthetische, eine akroamatische und erotematische Methode; aber eine historische Methode kenne ich nicht. Wenn der Katechet Thatsachen erzählt, die man glauben muß, so ist der Stoff historisch, die Methode aber akroamatisch; wenn er aber die einzelnen Glaubenswahrheiten in der Reihenfolge, in welcher sie im geschichtlichen Nacheinander geoffenbaret oder kirchlich dogmatisirt worden sind, aufzählen und lehren würde, dann etwa könnte man das „historische Methode" heißen. Davon ist aber im Büchlein de catechizandis rudibus keine Rede; das hat St. Augustin unter narratio nicht verstanden.

d. Die größten Irrungen erwachsen dadurch, daß der Missions-Katechismus des heil. Augustin an die erwachsenen Proselyten des Juden- und Heidenthums identifizirt wird mit dem Katechismus an die Taufcandidaten oder gar an die schon getauften Kinder, so daß man Inhalt und Form des ersteren ohne weiters auf diesen zweiten übertragen zu dürfen glaubt. Das hat die katholische Kirche nie gethan; das hat auch der hl. Augustin nicht gethan, der ganz andere Grundsätze aufstellte, wenn er de catechizandis rudibus, und andere, wenn er de fide et symbolo ad catechumenos (Taufcandidaten) schreibt.

Wie Gott seinen Diener Moses vom Berge Nebo hinüber schauen ließ ins gelobte Land, das von Milch und Honig fließt, um alle Herrlichkeit desselben ihn bewundern zu lassen: so sollen Christus und die Kirche als die großen historischen Gestalten, wie sie aus dem Boden der Weltgeschichte emporgewachsen und jetzt in wunderbarer Schönheit vor uns stehen, den Proselyten gleichsam in einem Panorama vor Augen geführt werden, um dadurch mittels der innen wirkenden Gnade in ihnen die Anfänge des Glaubens und der Liebe zu pflanzen.

Ganz anders bei Taufcandidaten: da ist Form und Inhalt der Glaubenslehre von der Kirche streng formulirt in dem apostolischen Symbolum, welches den Katechumenen zu memoriren und zu erklären ist. Für den Taufcandidaten vertritt eben das Symbolum mit seinem Geschichtsinhalt die Stelle der narratio.

### III.

Auf Grund dieser Darlegungen wird jetzt sich beurtheilen lassen, wiefern die katechetischen Schriftsteller mit ihren verschiedenen Deutungen der narratio den Sinn des heiligen Augustin getroffen haben oder nicht.

### Gruber.

In seinem Commentar zum Werke de catechizandis rudibus, namentlich zum dritten Kapitel desselben, wo von der narratio gehandelt wird, schreibt Gruber:

„In Hinsicht auf die Methode des christlichen Religionsunterrichtes sind darin die zwei herrschenden Ideen:

1) Geschichtlich muß der Unterricht ertheilet werden; darum nennt der hl. Augustin den katechetischen Unterricht narratio, Erzählung.

2. Einwirkend auf die Erzeugung heiliger Liebe muß er ertheilt werden." Pag. 28.

Das Zweite sagt der hl. Augustin; das Erste sagt er nicht und nirgends in seiner ganzen Schrift, und namentlich nicht im dritten Kapitel derselben. Das Werk de catech. rudibus ist nur die Antwort des heil. Bischofes auf die Fragen des Diakon Deogratias. Frage und Antwort müssen correspondiren, wie Thema und dessen Durcharbeitung. Der Diakon sagt nun, er sei bei Ausübung seines Katechetenamtes oft in arger Verlegenheit, wie man das, was wir als Christen glauben, in geeigneter Weise denen beibringen solle, welche im christlichen Glauben den ersten Anfangsunterricht empfangen wollen. Auf diese allgemeine Frage folgen dann spezielle über die

einzelnen Theile des Unterrichtes: „Von wo die narratio ihren An=
fang nehmen, bis zu welchem Ziele sie fortgeführt werden müsse?
Ferner ob nach Beendigung der narratio auch noch eine ermunternde
Ermahnung beizusetzen sei oder ob man blos die Gebote vortragen
müsse, so daß der, zu dem wir sprechen, selbst wisse, das christliche
Leben und Bekenntniß sei an die Beobachtung derselben nothwendig
gebunden?" Auf diese Fragen will nun der heil. Bischof antworten
und deßwegen handeln zuerst von der Art und Weise der narratio,
dann von den Geboten und der Ermunterung zu deren Befolgung.
Itaque prius de modo narrationis tum de praecipiendo atque
cohortando disseremus.

Daraus geht hervor, daß Bischof Augustin und Diakon Deo=
gratias die narartio nur für das erste Hauptstück des Katechismus,
nicht aber für den ganzen Katechismus halten.

Der Inhalt dieses ersten Hauptstückes ist die hl. Geschichte,
welche darin zum Vortrage kommt (narratio). Es gibt aber ver=
schiedene Methoden, die Geschichte zu behandeln: die biographische,
ethnographische und universelle Methode. Die letztere kann wieder
entweder synchronistisch oder pragmatisch sein. Bei der synchronistischen
Behandlung werden die Weltereignisse nach ihrer Gleichzeitigkeit zu=
sammengestellt; bei der pragmatischen Methode aber ist vorzugsweise
der innere Zusammenhang der Ereignisse nach Ursache und Wirkung,
also der Causalnexus maßgebend, durch den die einzelnen Geschichten
zum geschichtlichen Ganzen verbunden werden[1]). So verlangt der
hl. Augustin, daß der Katechet seinen Proselyten nicht blos die That=
sachen der Geschichte in ihrem Nacheinander erzähle, sondern auch
deren Ursachen und Gründe und ihre Beziehungen zum Endziel der
Liebe hervortreten lasse, „ita ut singularum rerum atque gestorum,
quae narramus, causae rationesque reddantur, quibus ea
referamus ad illum finem dilectionis." Cap. 6.

Das erste Hauptstück des Proselytenkatechismus ist die narratio;
der Stoff, welcher darin abgehandelt wird (quae narrantur), das
sind die Thatsachen der hl. Geschichte; die Methode aber, nach
welcher diese Geschichte erzählt werden soll, ist die pragmatische.
Das ist kurzgefaßt alles, was der hl. Augustin über die narratio sagt.

Gruber muß gewiß auch zugeben, daß der Lehrstoff des ersten
Hauptstückes die heilige Geschichte ist; das Buch de catechizandis
rudibus läßt darüber keinen Zweifel. Wenn er aber bezüglich der
Methode den Satz aufstellt: Diese Geschichte muß „geschichtlich"
gelehrt, oder dieser Geschichts=Unterricht muß geschichtlich ertheilt werden;
so weiß ich nicht, was das bedeuten mag, oder wo der heil. Lehrer
in seinem Buche so etwas je behauptet haben soll.

Bei Gruber läuft hiebei eine Verwechslung unter: er begreift

---

[1]) Stöckl, Pädagogik p. 419.

unter narratio nicht blos das erste Hauptstück[1]), sondern auch die
übrigen Hauptstücke des Katechismus und sagt: der ganze kateche=
tische Unterricht muß narratio, Erzählung sein, also auch die Sitten=
und Sacramentenlehre. Diese letztere ist aber keine Geschichte, also
kann sie auch nicht erzählt werden. Bezüglich der Sitten und der
Sacramente handelt es sich im katechetischen Unterrichte nicht so fast
um die Geschichte der Gesetzgebung und Sacramentseinsetzung, als
vielmehr um die Haltung der Gebote und den Empfang der Sacra=
mente.

Zunächst ist hier die Frage, ob St. Augustin in seiner Schrift
die Sitten= und Sacramentenlehre unter narratio begriffen habe? —
und das muß auf Grund des Textes ganz und gar widersprochen
werden. Mit Unrecht also sagt Gruber, daß der hl. Augustin den
katechetischen Unterricht (überhaupt) narratio, Erzählung nenne, und
daß im Büchlein de catechiz. rudibus bezüglich der Methode die
Idee ausgesprochen sei: Geschichtlich muß der Unterricht ertheilt werden.

Der hl. Augustin sagt nur: zuerst kommt die hl. Geschichte,
dann die Sittenlehre u. s. w. Wenn nun jemand ein Werk z. B.
über Pädagogik verfaßte und darin zuvor die Geschichte derselben
gäbe und dann erst die übrigen Haupttitel seiner Wissenschaft ab=
handelte; so wäre es gewiß ungereimt zu sagen, der Schriftsteller
habe die geschichtliche Methode in seinem Buche eingeschlagen oder
er habe die Pädagogik geschichtlich docirt.

Doch hören wir, was Gruber selbst unter historischer Methode
sich denkt, und ob seine Gedanken mit denen des heiligen Augustin
zusammenstimmen.

Der Mensch, sagt Gruber, ist als Geschöpf unbedingt abhängig
von seinem Schöpfer; des Menschen Wille ist nur dann gut,
wenn er sich dem Willen des Schöpfers unterwirft, und sein end=
lich=beschränktes Erkennen ist nur dann richtig, wenn es sich dem
unendlichen Erkennen Gottes unterwirft. Es ist Empörung des ge=
schaffenen Willens, wenn er sich nicht dem Willen des Schöpfers
unterordnet, und es ist Empörung des geschaffenen Geistes, wenn er
in seinem Denken der unendlichen Vernunft des Schöpfers sich nicht
unterordnen will. Die Geschichte des Engelsturzes, der Ursünde im
Paradiese, der Ursprung aller falschen Religionen, aller Ketzereien
und aller Verirrungen in den philosophischen Systemen beweisen,
daß alle Verschlimmerung des Menschengeschlechtes aus der Entzieh=
ung des Geschöpfes von der Autorität des Schöpfers — sowohl
der Willens= als auch der Denkkraft nach — entsprungen ist.

---

[1]) In der Erläuterung zum 7. Kapitel gibt Gruber selbst zu, daß
Augustin „die geschichtliche Entwicklung der erbarmungsvollen Offenbar=
ung Gottes als den ersten Theil des katechetischen Unterrichts annimmt."
Pag. 37.

Demzufolge [1]) ist es unerläßlich, „daß u(
richt an Unwissende von der Autorität Gott
daß wir unsere Katechumenen nicht zu Räson
Gläubigen machen müssen; daß wir sie zur Er
heit nicht dadurch führen können, wenn wir a
und ihrer Vernunft die Wahrheit finden lassen
wir ihnen sagen, was Gott als heilige Wahrhei
leiten, diese Wahrheit auf die Autorität Gottes
unser Unterricht geschichtlich — narratio, Erzäl,

Das also wäre die historische Methode:
was Gott gelehrt hat, damit sie es glauben,
lehrt hat. Nach Gruber bilden die Lehren
der narratio; nach St. Augustin aber die ge
eignisse von der Weltschöpfung bis zur Jetzt
Commentator Gruber hat also von narratio ei
schiedenen Begriff im Vergleich zur narratio des

Dieser Unterschied zwischen Commentator
noch mehr in die Augen, wenn wir im Nachs
zeugen, daß Gruber den ganzen Katechismus r
stücken als narratio gefaßt wissen will, währen
drücklich blos das erste Hauptstück des Katechism
und die übrigen Hauptstücke unter ganz andere

Gruber schreibt: „Die ganze Religion ist
bart. Aus der Geschichte der Erschaffung und l
Menschen lassen sich die Begriffe von den gött
von der Natur der menschlichen Seele, von u
von unserer wesentlichen Pflicht der Unterwerfu
dem Elende der Sünde, von dem Glauben an der
— In der Geschichte der göttlichen Offenbarung
Glaubenswahrheiten; die Dreieinigkeit, die Go
lösung durch seinen Tod, der Zustand des künf
sich nur durch die geschichtlichen Anführunge
vortragen." [2]) Also auch die Lehre von der 3
ung und ewiges Leben, wäre Geschichte, narrati

---

[1]) Aus den Prämissen über die Unterordnung
unendliche Vernunft würde folgen, daß nicht blos be
überhaupt jeder Unterricht auf die Autorität Gottes
historischen Methode — als narratio — gegeben werde
zuviel behauptet ist.

[2]) Die Erde hat einmal einen Anfang genomm
verändert; alle Städte und Ortschaften auf der Erde
ten Zeit erbaut worden und in die Menschengeschichte
etwa daraus, daß man die Geographie „geschichtl
Die Gesetze eines Landes sind auch im zeitlichen Nach
den: — muß also deßhalb die Jurisprudenz geschic

„Die ganze Moral läßt sich deutlich und eingreifend, mit voller Anwendung der Auctorität Gottes aus der Geschichte der Gesetzgebung auf Sinai, dann aus den Aussprüchen Jesu beibringen." Somit hat die Moral ihren positiv gegebenen Lehr= und Lernstoff; aber die Methode des vorzutragenden Moralsystemes muß deßwegen nicht die geschichtliche sein. Auch die katechetische Lehre von den Geboten ist nicht eine bloße Erzählung — narratio.

„Die Lehre von den heiligen Sacramenten ist ganz aus der hl. Geschichte, die den Fall und die daraus entstandene Unvermögenheit des Menschen, sich zur Gottgefälligkeit zu erheben, und die von Jesu getroffenen Gnadenanstalten enthält, herzuleiten." Allerdings die Sacramentenlehre kann nicht a priori construirt werden, weil ihr Object das Sacrament — etwas in der Kirche de facto Vorhandenes ist. Die katechetische Unterweisung hat zum Beispiel die Taufe, ihre Einsetzung, ihre Materie und Form zu behandeln und zu lehren, was davon zu wissen und zu glauben ist, nicht aber eine Geschichte der Taufe und ihrer Bestandtheile zu geben. Dies Letztere etwa könnte heißen: über das Sacrament der Taufe geschichtlich unterrichten. Ein Verfahren, welches von etwas Gegebenem, von einem dictum oder factum ausgeht, dasselbe zergliedernd und in seine Begriffe auflösend, kann wohl ein positiv=analytisches, aber nicht ein geschichtliches Verfahren genannt werden.

„Auch das Hauptstück von der christlichen Gerechtigkeit, fährt Gruber fort, ist durchaus aus der Offenbarungsgeschichte zu entwickeln. Und so kann der Katechet seiner Pflicht durchaus nur dann Genüge thun, wenn er seinen ganzen Religionsunterricht auf Gottes Autorität, die sich in der hl. Geschichte offenbart, gründet, alles nur aus ihr hernimmt und sie durchaus zum Anfange und zum Ende seines Unterrichts macht."

Was will das heißen: die Lehre von den Sünden und ihren Gattungen ist geschichtlich vorzutragen? oder: die Lehre von den Tugenden und guten Werken muß eine Erzählung — narratio sein? Eine Lehr=Entwicklung ist niemals eine Erzählung. Nur die Geschichte wird erzählt; Vortrag der hl. Geschichte, das ist dem hl. Augustin die narratio. Aber bei Gruber ist alles — Erzählung. Wenn ein Dogma gelehrt wird, dessen Wahrheit auf die Auctorität Gottes sich stützt, so nennt er das „erzählen"; wenn eine christliche Tugend katechetisch behandelt und mit einem Beispiel oder

---

Gruber verwechselt positiv mit geschichtlich. Es gibt speculative und positive Wissenschaften; wenn bei den letzteren das Object auch ein factisch gegebenes ist, so wäre es doch gewiß ungenau zu sagen: die positiven Wissenschaften z. B. Dogmatik, Moral, Exegese rc. müssen geschichtlich behandelt werden. So ist auch in der Religionslehre der Stoff ein positiv gegebener, aber die Methode muß deßhalb nicht die geschichtliche sein.

Gleichniß aus der Bibel veranschaulicht wird, so ist auch der ganze Lehrvortrag „Erzählung". Das nennt er „geschichtliche Methode".

Weder der heil. Augustin noch die Lehrbücher der Pädagogik kennen diesen Begriff einer geschichtlichen Methode. Sie kennen und empfehlen für den katechetischen Unterricht zunächst die analytische Methode, welche vom Concreten zum Abstracten vorgeht; zuerst ein dictum oder factum Gottes und der Kirche dem Gedächtnisse als Lernstoff zuführt, denselben dann zergliedert und erklärt, um das Gelernte dem Verständniß zu vermitteln und endlich aus dem Kopfe auch ins Herz überzusetzen. Um diesen Zweck zu erreichen, muß man auch die Phantasie zu Hilfe nehmen und deßwegen den Unterricht a n s ch a u l i ch machen, was durch Anwendung von Beispielen und Gleichnissen geschieht. Die schönsten und besten finden sich allerdings in der hl. Schrift; sie können aber auch aus der Natur und Profangeschichte entnommen sein, wie ja Christus selber seine Erzählungen und Gleichnisse aus der ganzen freien und unfreien Natur geschöpft hat. Das ist das katechetische Verfahren; dasselbe kann aber als „geschichtliche Methode" gewiß nur im höchst uneigentlichen Sinne bezeichnet werden.

Ganz befangen von dem falschen Begriffe der narratio behauptet Gruber wiederholt, daß der S t o f f der katechetischen Unterweisung ein geschichtlicher sein müsse, während er blos beweisen sollte und wollte, daß die M e t h o d e eine geschichtliche sei. Er sagt: „Wenn Augustin zu seiner Zeit, da die Katechumenen meistens Erwachsene waren, die Katechisation zuerst in der Erzählung, wie Gott factisch das Menschengeschlecht von der Erschaffung bis auf die gegenwärtigen Zeiten zum Glauben an den Erlöser geführt hat, bestehen lassen wollte; um wie viel mehr wird dieser erzählungsweise zu ertheilende Unterricht in unsern Tagen nothwendig erscheinen müssen, da wir K i n d e r als Katechumenen vor uns haben: Kinder, deren Verstand und Vernunft noch tief in der Entwicklungsperiode steht; Kinder, die sich die M a t e r i a l i e n zur Uebung ihres Verstandes zuerst erwerben müssen und diese durch den g e s ch i ch t l i ch e n Vortrag der Religion am besten erhalten." Pag. 31. „Man darf die göttliche Offenbarung nicht so zerstückelt vortragen, daß man Haupttheile derselben den Katechumenen Jahre lang vorenthalten sollte. Der Hauptinbegriff der göttlichen Offenbarung soll in einem Schuljahre den Katechumenen bekannt werden. Da der Unterricht geschichtlich ist, so wird derselbe dem Gedächtnisse zuerst anvertraut... Diesen Hauptinbegriff der göttlichen Offenbarung muß sich der Katechet nicht selbst bilden wollen, sondern ihn aus der kirchlichen Vorschrift des Katechismus hernehmen." Pag. 38.

Nach Gruber ist sonach die ganze Religion geschichtlich geoffenbart; der Hauptinbegriff dieser geschichtlichen Offenbarung ist im

Katechismus gegeben: was folgt daraus? Daß der Lehrstoff des Katechismus geschichtlich ist, nicht aber die Lehrmethode, wie Gruber folgert.

Betrachten wir z. B. die vier Hauptstücke, welche den Catechismus Romanus bilden, nämlich Symbolum, Sacramente, Gebote und Gebete des Herrn. Wer je den römischen Katechismus von Anfang bis zum Ende durchgenommen, wird gewiß nicht sagen, er habe da eine „Geschichte" der göttlichen Offenbarung oder eine Erzählung derselben gelesen. Catechismus non est narratio.

Das erste Katechismusstück ist das apostolische Symbolum, welches eine Summe von ganz bestimmten Glaubenswahrheiten darbietet, damit dieselben vom Katecheten gelehrt, vom Katechumenen gelernt und geistig angeeignet werden. Insoferne haben wir im Symbolum Lehre und nicht Geschichte. Nun aber sind die zwölf Glaubensartikel auf den höchstgeschichtlichen Thatsachen der Schöpfung, der Erlösung und Heiligung aufgebaut; diese Gottesthaten selbst werden gelehrt und hier zu glauben vorgestellt: und in dieser Beziehung ist der Inhalt des Symbolums ebensogut Lehre als auch Geschichte. Der Katechet nun hat die Aufgabe, den ganzen Inhalt nicht blos nach seiner geschichtlichen, sondern auch nach seiner dogmatischen Seite wort- und sachgetreu zu erklären und in didaktisch-dialektischer Weise seinen Schülern zu vermitteln. So wenig nun jemand sagt: Weil das Symbolum Dogmen enthält, darum muß die Unterrichtsmethode hiebei dogmatisch sein; ebenso wenig kann gesagt werden: Weil das Symbolum Thatsachen enthält, also ist hiefür die geschichtliche Methode anzuwenden. Allerdings der Lehrstoff des Symbolums ist dogmatisch-geschichtlich, aber die Lehr-Methode ist eben die didaktisch-dialektische. Das Geschichtliche des Symbolums geschichtlich geben, hieße eben soviel als das Dogmatische darin dogmatisch geben; beides wäre hier eine gelinde Tautologie. Die Dogmen aber geschichtlich geben, würde gar mit dem Begriffe „Dogmengeschichte" zusammenfallen.

Der Grundsatz, welchen Gruber für die katechetische Methode aufstellt: Geschichtlich muß der Unterricht über das Symbolum sein, ist daher wenig zutreffend, am allerwenigsten aber bei St. Augustin zu finden.

Im Grunde genommen wollte Gruber mit seiner „historischen Methode" nur soviel besagen, daß der Katechet sich seine Religionsbegriffe nicht selber schaffen, nicht reine Vernunftreligion vortragen dürfe; daß ihm vielmehr der Gegenstand seines Unterrichtes in den Worten und Thaten der göttlichen Offenbarung positiv gegeben sei, und daß er auch diesen Offenbarungsinhalt nicht beliebig sich zurechtlegen dürfe, sondern sich einfach an die kirchliche Formulirung desselben, wie sie im apostolischen Symbolum vorliegt, zu halten habe.

Eine Lehrart aber, inwieweit sie strenge an kirchlich fixirte Formeln gebunden erscheint, könnte vielleicht besser die positiv=dogmatische als historische heißen. Gruber würde durch diese klare Ausdrucksweise verhindert worden sein, im Laufe seiner Darstellung von der geschicht=lichen Methode immer auf den geschichtlichen Inhalt hinüber= und herüberzuwechseln.

Noch weniger kann der Unterricht über die Sacramente, welche im römischen Katechismus das zweite Hauptstück bilden, narratio genannt werden.

Denn bei den Sacramenten ist zu handeln über das äußere Zeichen, über Materie und Form, über die innern Gnadenwirkungen und über die Einsetzung durch Christus. Ist nun auch der letzte Punkt etwas Geschichtliches, so folgt doch daraus nicht, daß der ganze Unterricht über die Sacramente eine Geschichte — narratio — sein müsse.

Dasselbe gilt bezüglich der göttlichen und kirchlichen Gebote, in welchen das dritte Hauptstück des römischen Katechismus besteht. Allerdings muß hier auf die Auctorität der gesetzgebenden Gewalt Rücksicht genommen werden; darum heißen sie eben Gebote Gottes und Gebote der Kirche. Aber wenn man lehrt, daß die Kirche das Recht und die Gewalt hat, Gebote zu geben, und solche auch wirklich gegeben hat; und wenn man von diesen Kirchengeboten eine Wort= und Sacherklärung gibt, so wird das Niemand eine Erzäh=lung heißen, so wenig als man von einem Professor, der die Pan=dekten liest, sagen wird, er befolge die historische Methode. Deß=gleichen wenn der römische Katechismus sagt: die zehn Gebote trägt jeder Mensch im Herzen geschrieben; am Sinai hat Gott sie auf Stein gegraben; Christus und die Kirche haben im neuen Bunde dieselben erfüllt und erklärt; — und wenn nach dieser Einleitung die einzelnen Gebote nach ihrem Inhalt zergliedert und katechetisch verarbeitet werden: wer möchte sagen, das sei geschichtliche Methode?

Das Gebet wird an letzter Stelle behandelt, es werden die einzelnen Bitten des Vaterunsers ihrem Inhalt nach ausgelegt und dem Verständniß nahe gebracht. Das ist doch keine Geschichte, keine Erzählung.

Es geht also durchaus nicht an, mit Gruber zu sagen: „der ganze Katechismus habe die heilige Geschichte zum Gegenstande", oder „die ganze katechetische Unterweisung müsse geschichtlich sein." Noch weniger geht es an, sich hiefür auf die narratio des hl. Augustin zu berufen, da in dessen Buche de catechiz. rudibus nur vom Proselyten=Unterricht die Rede ist und die narratio nur als erster Theil dieses Unterrichtes erklärt, aber nirgends gesagt wird, daß Lehrstoff und Lehrmethode des g a n z e n katechetischen Unterrichtes geschichtlich sein müsse.

Wie konnte aber Gruber auf seine Auffassung und auf den Ausdruck „historische Methode" kommen? Er war eben ein Kind seiner Zeit, und die Zeitströmung, welcher er entgegentrat, erklärt das Unerklärliche. Gruber hatte die ganze Sündfluth des philosophischen Jahrhunderts, der französischen und deutschen Philosophen, erleben müssen; er kannte aus Erfahrung, welch namenloses Unheil auf katechetischem Gebiete jene im Protestantismus großerzogene und in die katholischen Länder importirte Sokratik anstiftete, die ohne Christus und ohne Kirche Katechetik trieb, alles aus dem Kinde auf rationalistischem Wege gleichsam a priori herausfragen zu können meinte und kein anderes Ziel hatte, als tugendhafte Menschen zu bilden. Der ganze Katechismus hatte sich in lauwarme Moral verwässert.

Diesem gemeinschädlichen Treiben gegenüber war es gewiß eine große katholische That, wenn Erzbischof Gruber mit dem Buche de catechiz. rudibus in der Hand vor seine Priestercandidaten und zukünftigen Katecheten trat, ihnen zurufend: Seht da, wie unsere kath. Väter, wie namentlich der große heilige Augustin katechisirte, nicht auf menschliche Begriffe, sondern auf die heilige Geschichte seinen Katechismus fundamentirend, um auf diese Weise nicht leeres Wissen, sondern Glauben und heilige Liebe zu erzielen. Jene s. g. Sokratiker gingen vom menschlichen Wissen aus, maßen die ganze Religion nach menschlichen Begriffen und brachten es deßhalb auch nur zu einer gewissen Summe von natürlichen Religionskenntnissen; es „menschelte" überall. Darum urgirt Gruber immer das Ausgehen von der göttlichen Auctorität, von Christus und von der Kirche; und man solle nicht so fast mit menschlich-natürlichen Begriffen, Gleichnissen und Parabeln handtieren, sondern an das göttliche Lehrwort in der Bibel und an die kirchliche Lehre sich inniger anschmiegen. Schön und treffend ist, was Gruber in dieser Beziehung in herrlichen Anmerkungen zum Werke de catechiz. rudibus niedergelegt hat.

Aber in seinem Feuereifer, in der Hitze des Kampfes, hat er zu viel behauptet und das Ziel überschossen. Der heilige Augustin f u n d a m e n t i r t zwar seinen katechetischen Unterricht an die Proselyten auf die heilige Geschichte und nennt deßhalb den ersten grundlegenden Theil seines Katechismus eine Erzählung — narratio —; daß aber der g a n z e Katechismus, und zumal der Taufkatechismus, nichts anderes sei als Vortrag der hl. Geschichte, und daß deßhalb der ganze Katechismus geschichtlich behandelt werden müsse, das hat Augustin nie und nirgends in seinem katechetischen Werke gesagt.

Wir glaubten gerade diesen Differenzpunkt zwischen Gruber und dem hl. Augustin eingehender besprechen zu müssen, weil gar viele Nachtreter Grubers mit dessen Ausdruck von der „geschichtlicher Methode" um sich werfen und den Ausbund aller Katechetik ausgesprochen zu haben glauben, wenn sie mit Berufung auf den heiligen Augustin sagen: Der Katechismus soll Erzählung — „narratio" — sein! — —

## Hirscher.

Ein Zeitgenosse Grubers war Dr. Hirscher, Professor in Tübingen, dessen Katechetik (1831) besonders bei Protestanten den wohlverdienten Beifall fand, aber auch in manchen katholischen Kreisen heute noch ihre Verehrer und Anhänger zählt, wie die neuesten Katechismusbearbeitungen von Pfarrer Mey und Pfarrer Fröhlich, beide aus der Diözese Rottenburg, beweisen.

Die Männer dieser Schule waren, wie Gruber, von dem edlen Streben beseelt, den Katechismus aus dem Dorngestrüppe subjectiver Begriffe und kantischer Formeln zu befreien; deßhalb lautet auch hier die Losung: Nicht Begriffe, sondern Geschichte!

Hirscher beruft sich hiebei auf die Katechese „der ersten Jahrhunderte des Christenthums, in welchen man das Offenbarungsganze in einer fortschreitenden geschichtlichen Entwicklung darzulegen suchte"[1]); Mey bezieht sich ausdrücklich auf den heil. Augustin, der in seinem Buche de catechiz. rudibus den geschichtlichen Weg eingehalten wissen will[2]).

Es soll nun untersucht werden, welche Verwerthung die in den ersten christlichen Jahrhunderten übliche und von St Augustin empfohlene narratio im katechetischen Systeme Hirschers gefunden hat. Hirscher sagt: „die Geschichte ist das zusammenhaltende Band für das Offenbarungs=Ganze." Die Geschichte gehört nicht etwa dem eigentlichen Religionsunterricht voraus; sie gehört auch nicht, wie es oft bei dem Gebrauche der s. g. biblischen Geschichte der Fall ist, neben den eigentlichen Religionsunterricht; sie gehört auch nicht als bloßes Citat unter die einschlagenden Lehrsätze. Die Geschichte gehört in den Religionsunterricht selbst, und die Offenbarung selbst liegt in ihr vor ... In der Gesammtheit und dem Zusammenhange der biblischen Thatsachen nämlich legt sich uns der Wille Gottes in seiner Ganzheit übersichtlich dar." S. 148.

„Soll demnach das Gnade= und Weisheitsvolle Ganze der göttlichen Heilsordnung in seiner fortschreitenden Selbstoffenbarung dargelegt werden, so erhellet, daß es für den katechetischen Unterricht keine andere Ordnung gebe, als die geschichtliche d. h. eben die, worin Gott seine Offenbarung selbst gegeben hat."

---

[1]) Katechetik III. Auflage S. 120.

[2]) Mey, vollständige Katechesen S. XXIII.

„Nur möge man dieses nicht so verstehen, als sollte ohne an=
deres Erzählung auf Erzählung und Gesetz auf Gesetz in der Folge,
wie solche in der Bibel stehen, vorgelegt werden. Die Thatsachen,
Lehren, Institutionen 2c. der hl. Schrift müssen vielmehr (allerdings
unter genauer Beachtung der allmählig fortschreitenden Offenbarung
Gottes) selbst der Idee des Offenbarungszweckes unterworfen und
durch diese systematisirt werden." S. 121.

Der Gang des katechetischen Unterrichtes ist also keineswegs
„ein blos historischer, sondern ein historisch=systematischer."
S. 144.

„Allerdings müssen die einzelnen Geschichten erzählt werden,
aber so, daß ihre pragmatische Beziehung zur Offenbarung im ganzen
aufgefaßt und festgehalten wird; denn darin haben und damit ge=
winnen sie ja erst ihre wahre und nächste Bedeutung" ¹). S. 306.

Damit ist nach Hirscher's Anschauung der Inhalt und die
Methode des Katechismus beschrieben: was aber die Form und
Ausdrucksweise desselben betrifft, wird gefordert, „daß jeden=
falls die ganze Offenbarungslehre in biblischen
Aussprüchen dem Gedächtnisse eingeprägt werde."
Denn da es von Gott gegebene Wahrheit ist, welche den Gegenstand
des katechetischen Unterrichtes ausmacht; so scheint es unerläßlich,
daß solche auch in den eigenen Aussprüchen Gottes aufgefaßt,
folglich durchaus in klassischen Stellen der hl. Schrift im Gedächt=
nisse bewahrt werde." S. 378.

Auf diese Weise glaubt Hirscher der bisherigen subjectiven und
begrifflichen Strömung gegenüber — die Objectivität und Geschicht=
lichkeit des Katechismus nach Inhalt, Form und Methode hinreichend
gewahrt zu haben.

Diese seine Theorie vom historisch=pragmatischen Katechismus
hat Hirscher in dreifacher Weise zur praktischen Darstellung ge=
bracht: einmal hat er von dem Stoff des katechetischen Unter=
richts für die erste Elementarklasse einen ungefähren Umriß gegeben
(S. 85); ein anderesmal hat er die wirkliche Anordnung
des gesammten katechetischen Stoffes zu geben versucht
(S. 134), freilich nur in allgemeinen Umrissen; endlich hat er einen
vollständigen Katechismus ausgearbeitet, woraus deutlich zu ersehen
ist, was Hirscher eigentlich gedacht und gewollt hat. Wir müssen
also diese drei praktischen Versuche Hirscher's genauer in Betracht
ziehen.

---

¹) Hirscher gesteht zu, daß die biblische Geschichte auch noch einen
zweiten Zweck habe und auch dazu gegeben ist, daß in ihren einzelnen
Thatsachen bestimmt religiöse oder moralische Ideen illustrirt werden, theils
zur Anschauung für den Geist, theils zur Huldigung für das Herz und zur
Nachahmung für das Leben. S. 304.

1. **Katechismusstoff** für die erste Elementarklasse. S. 85 bis 89. „Einer ist, der alles, was du siehest, gemacht hat — auch die Thiere, auch die Menschen, auch dich: Gott. (Schöpfungs= Geschichte und Aufzählung des Geschaffenen.)

Er gibt allen, Menschen und Thieren, alles, was sie haben . . . Er gab auch dir, was du bist und hast . . . Er hat dich also lieb. Er hat alle lieb . . . Sieh, er ist dein, ist unser Vater. War es vor Jahrtausenden (Geschichte) und bleibt es.

Wie manches Gute wird er von Tag zu Tag, von Jahr zu Jahr, dir und allen andern Menschen fortwährend geben! Zudem wie viel Unglück könnte heute und allezeit dir und andern begegnen. Allein nichts Böses kann dir und andern je gegen seinen Willen widerfahren: er vermag alles. Nenne mir, was er gemacht hat, was immerdar um uns geschieht. Sieh nichts geschieht außer durch seinen Willen oder seine Zulassung. Auch was jemand leidet, ist von ihm zugelassen oder geschickt. (Geschichte.) — Es ist allezeit zu unserm Besten! Wie das? (Beispiele.) Und wie wunderbar oft seine Wege, und doch wie gut! (Geschichte.)

Er weiß allezeit, wie es uns geht. Er sieht auch allezeit, was wir machen; hört allezeit, was wir reden; er weiß auch, was wir denken und wünschen. (Geschichte.)

Wohl sehen wir ihn nicht; er hat keinen Leib. Er ist oben im Himmel in der allergrößten Herrlichkeit und Seligkeit. Aber er ist doch zugleich bei uns Menschen. Wir erkennen ihn aus dem, was er gethan hat und täglich thut. Was ist dieses? Und er war auch immerfort bei den Menschen. (Aelteste Geschichte.)

Und fort und fort erklärte er denselben seinen Willen; und fort und fort suchte er sie glücklich zu machen. (Geschichte.) Beson= ders einem Volke bezeugte er sich, das er auserwählte und zu seinem Volke machte. (Geschichte.) Aber dieses Volk wollte nicht sein Volk sein. (Geschichte.) Auch die andern Völker waren es nicht; sie wurden böse und immer ärger. Da schickte der Vater seinen Sohn, daß sie besser und glücklicher würden. Der wurde Mensch; lehrte sie den Vater wieder erkennen und zeigte sich als den Gesandten und Sohn desselben. (Geschichte.) Er lehrte sie ihr Unrecht einsehen, daß sie wieder besser würden. (Hauptlehren.) Viele glaubten auch wirklich an ihn, liebten ihn und gehorsamten ihm, und thun es bis heute. (Geschichte.)

Aber die Bösen verfolgten und tödteten ihn. (Geschichte.) Er starb für uns; aber er lebt wieder — für uns und hilft uns.

Wie? Willst du nun diesen deinen Gott und Vater und seinen theuren Sohn lieb haben? Willst du zu seinen Guten gehören? —

Wohl! so bete gern und fleißig zu ihm und folge seinem Willen: sei dankbar gegen deine Eltern . . . liebe deine Geschwister . . .

Thue niemanden etwas zu leid . . . Laß alles, was nicht dein ist, unberührt . . . Sei nachgiebig, versöhnlich, dienstfertig, artig, bescheiden, wohlanständig, schamhaft . . . Rede allzeit die Wahrheit. Mißhandle die Thiere nicht. —

Rede in deinem Herzen gern und oft mit deinem himmlischen Vater. Gedenke, wenn du zu ihm blickest, an alles, was ihm an dir mißfällt. Prüfe dich! Bitte ihn um Verzeihung. Versprich ihm das Beste. Er ist voll Langmuth gegen alle, welche muthwillig und unverbesserlich sündigen. Er ist wie überaus langmüthig und gnädig, so auch unendlich heilig und gerecht. (Geschichte.) Klage ihm deine Noth; er ist erbarmungsvoll. (Geschichte.) Es kann dir überhaupt nur gut gehen, wie es allen Guten ja auch immer (wenigstens am Ende) gut gegangen ist. (Geschichte.) — Du wirst bald groß werden. Jetzt mußt du das, was du dann sein sollst, zu werden anfangen . . . Endlich stirbst du, aber nur um zum Vater zu kommen und bei ihm viel glücklicher zu sein, als es je ein Mensch auf Erden zu sein vermag. — Aber freilich, so du böse würdest, so gingest du nach deinem Tode auf ewig zu Grunde. Denn Gott verstößt die Bösen von sich in einen Ort ewiger Pein und Qual, unnachsichtlich, unwiderruflich." —

Diese Skizze Hirscher's soll das Offenbarungsganze enthalten; aber gehört dazu nicht wesentlich auch der heil. Geist und seine Schöpfung, die Kirche, und die Sacramente und das Opfer und der öffentliche Cultus? Davon aber enthält der obige Entwurf nichts, weßhalb nicht zu verwundern, daß ein solcher Katechismus protestantischerseits mit heller Freude begrüßt und diese Katechetik auf den Schild gehoben wurde.

Hirscher fühlt selber, daß in seinem „organischen Ganzen" noch etwas Wesentliches fehle, was im Entwurfe des katechetischen Systems nicht unterzubringen war; darum läßt er in einem Anhange noch den Gottesdienst folgen.

„Außer diesem (historisch-systematischen Offenbarungs-Ganzen) wird man auch den Unterricht über die religiösen Uebungen und Gebräuche, die bei dem Kindergottesdienste vorkommen, fortsetzen. Und auch von dem häuslichen und öffentlichen sie täglich umgebenden und zum Theil auch schon sie angehenden Gottesdienste der Erwachsenen, von den dabei üblichen Gebetsformeln und Gebräuchen ꝛc. wird man soviel sagen, als möglich und zur Abwehr von Gedankenlosigkeit und Irrwahn nothwendig ist." S. 89.

Es fehlt also am „Ganzen" des Stoffes; sehen wir, wie es mit der Methode steht, welche nach Hirscher „historisch-systematisch" sein soll, gleichwie man auch in den ersten christlichen Jahrhunderten das Offenbarungsganze in einer fortschreitenden geschicht-

Schöberl, St. Augustin.                                    4

lichen Entwicklung darzulegen suchte. Vergleichen wir einmal die historische Skizze Hirscher's mit der narratio des hl. Augustin.

Richtig ist, daß Hirscher ganz nach dem Vorbilde des heil. Augustin als Offenbarungs-Motiv, als Endziel der Geschichte, die Liebe Gottes hervorzustellen bestrebt ist. Gott hat uns zuvor geliebt — also sollen auch wir ihn lieben. Im übrigen weicht Hirscher von den Ideen Augustin's weit ab.

Die narratio des hl. Kirchenlehrers enthält nur die in sechs Zeitabschnitte wohl artikulirte Geschichte der Religion und zwar so, daß die einzelnen geschichtlichen Thatsachen durch ihren Causalnexus mit Christus und der Kirche zu einem Ganzen verbunden erscheinen.

Die Skizze Hirscher's aber enthält nicht geschichtliche That=sachen, sondern größtentheils Glaubens= und Sittenlehren, welche anscheinend durch die Geschichte zu einem Ganzen verbunden werden sollen; die Geschichte selbst aber erscheint dabei nur in „Klammern", in „Parenthesis". Die Geschichte ist hier nur das Gold, in welches die Edelsteine der Glaubens= und Sittenlehre gefaßt sind, während bei St. Augustin umgekehrt die geschichtlichen Thatsachen als die Edelsteine erscheinen, deren Causalnexus als Goldeinfassung bezeich=net wird.

Auch der Unterschied obwaltet, daß der heil. Augustin erst nach Abschluß der Geschichte (finita narratione) die Sittenlehre und die Gebote des christlichen Lebens bespricht; Hirscher dagegen möchte auch die Sittenlehre im geschichtlichen Rahmen unterbringen, es will aber nicht gehen. Oder was soll das heißen, wenn er schreibt: „Sieh er ist dein, ist unser Vater. War es vor Jahrtausenden (Geschichte) und bleibt es." Soll etwa an dieser Stelle den Kin=dern von 8—9 Jahren die Geschichte von Jahrtausenden erzählt und die Liebe Gottes im Laufe derselben nachgewiesen werden?! Und wenn es bald darauf heißt: „Gott war auch immerfort bei den Menschen. (Aelteste Geschichte.)" Was hat man sich unter „ältester Geschichte" zu denken? und beweist denn nicht auch die mittlere und neue Geschichte, daß Gott immer bei den Menschen war? Oder bei der Sittenlehre: „Gott ist überaus langmüthig und gnädig, unend=lich heilig und gerecht. (Geschichte.) Er ist erbarmungsvoll. (Ge=schichte.) Am Ende ist es allen Guten gut gegangen. (Geschichte.)" Das ist alles, was die Geschichte in der Sittenlehre zu leisten hat; dabei steht in Frage, ob diese drei Punkte überhaupt nur in die Sittenlehre als solche gehören.

„In der Geschichte liegt die Offenbarung", sagte Hirscher oben; also hätte man eine Geschichts=Skizze der Offenbarung erwartet, wie St. Augustin eine solche gegeben; statt dessen gibt er ein Programm von Lehrsätzen, bei welchen die Geschichte als Schatten des Körpers mitläuft. Für die ersten drei Schuljahre perhorrescirt er jeden Ka=

techismus, der nur schaden könnte, und will dafür biblische Geschichte, an welche sich allenfalls Katechismuslehren anschließen dürften. Und hier — gibt er selbst einen kleinen Katechismus, an welchen sich die biblische Geschichte anschließt!

Diese schwache Seite wohl fühlend fügt deßwegen Hirscher am Schlusse seiner Skizze die Bemerkung an: „daß hiebei die heilige Geschichte, nicht nur, wo dies im Vorstehenden ausdrücklich angedeutet worden, sondern überhaupt, möge man sie nun als Leit= faden zum Grunde legen, oder als Veranschaulichung, Be= kräftigung 2c. der religiösen und sittlichen Wahrheiten beiziehen, einen Hauptgegenstand der Vorträge ausmache, wird sich wohl von selbst verstehen." S. 89. Aber das ist ja eben erst die Frage, welche beantwortet, die Behauptung Hirscher's, welche von ihm be= wiesen werden soll, daß und warum der katechetische Unterricht histo= risch sein müsse. Jetzt setzt er den Fragepunkt als selbstverständ= lich voraus, gesteht also zu, daß die Skizze hierüber nicht Aufschluß gebe. Ja er sagt noch mehr: „Uebrigens, wie im Verfolg einleuchten wird, bin ich weder für ein bloßes Beiziehen noch für ein blos rapsodisches Zugrundelegen der hl. Geschichte" (S. 89); sondern „alles, was Gott zum Heile der Welt gethan hat, und fortwährend thut, soll als das, was es ist, d. h. als ein Einziges Ganzes voll Gnade und Weisheit erscheinen und in jener fortschreitenden Enthüllung dargelegt werden, in welcher das= selbe (und Gott in ihm) sich selbst mehr und mehr enthüllt und verherrlicht hat." S. 118. 120.

Anderswo sagt er das nämliche mit dem Ausdrucke: Die Ge= schichte muß „systematisirt" sein, um als „organisches Ganze" erscheinen zu können. Soll aber die Geschichte der Offen= barung ein Organismus sein, so muß offenbar eine leitende Haupt= Idee und organische Gliederung deutlich hervortreten. Bei St. Augustin ist „Christus und die Kirche" die allbeherrschende Hauptidee, welche in den sechs Weltaltern zur wohlarticulirten Dar= stellung kommt. Dagegen ist die ganze Skizze Hirscher's ein vom Anfang der Welt bis zu ihrem Ende fortgesponnener Faden und gleicht jenen inarticulirten Wesen, an denen weder Kopf noch Gliede= rung zu unterscheiden sind. Hirscher selbst versucht deßhalb später in einer zweiten Skizze (S. 134—139) eine „wirkliche Anordnung des gesammten katechetischen Stoffes" zu geben. Also scheint die erste Skizze eine solche „wirkliche Anordnung" nicht gewesen zu sein; und der Verfasser hat gut daran gethan, Kinder von 7—9 Jahren mit solch einem systematischen Geschichtskatechismus zu verschonen. Wehe dem Theologen, dem die Aufgabe würde, die obige Skizze Hirscher's zu einem Katechismus für solche Elementarschüler zu verarbeiten!

4*

Was diese Kinder von Religion und hl. Geschichte zu wissen brauchen und verdauen können, läßt sich nicht besser, einfacher und systematischer zur katechetischen Darstellung formuliren, als es die katholische Kirche gethan hat in ihrem Kreuzzeichen und in ihrem Symbolum. Hirscher selbst spricht diesen Gedanken in seiner Katechetik S. 205 aus, wo er handelt von dem Befehle Christi, alle Völker zu taufen im Namen des Vaters, des Sohnes und des heiligen Geistes: „Was die Völker also auf den apostolischen Lehrvortrag hin glauben, was sie lieben und üben, was sie hoffen, fürchten und empfangen, worauf sie in's messianische Reich aufgenommen, worauf verpflichtet, womit getröstet werden sollten, das concentrirt sich alles in den drei Namen: und Jesus bezeichnete dieselben somit als den kräftigsten Inbegriff des gesammten Christen= thums, und als den lebendigen Mittelpunkt, von welchem alles Glauben, Lieben, Hoffen, Leiden und Wirken der Gläubigen für und für aus= und in den es hinströmen sollte. — Als diesen lebendigen Mittelpunkt nun muß auch der Religionslehrer aller Zeiten den dreieinigen Gott darstellen; er muß zeigen, daß sich in den drei Namen alles, was der Christ zu glauben, zu lieben, zu thun, zu meiden und zu hoffen hat, concentrire; daß man folglich in denselben ein gedrängtes und lebenskräftiges Evangelium d. i. allen Reichthum von Offenbarungen, Verpflichtungen, Verheißungen und Stärkungen vor Augen habe, den das Christenthum in sich schließt. — Alle Urkunden und Documente begannen in frommer Zeit im Namen der hl. Dreifaltigkeit; alle Predigt beginnt im Namen des Vaters, des Sohnes und des heil. Geistes; und wo eine Andacht angefangen und beendigt wird, geschieht es gemeiniglich in denselben Namen. Das ist die tiefgreifende Bedeutung der Trinitätslehre. Nun diese Bedeutung in's Licht zu setzen, die erwähnte Christenge= wohnheit aufzuklären und theuer zu machen, dem Zöglinge in den drei Namen die ganze Summe des Evangeliums in's Herz zu legen, ist Sache des Katecheten und einer pragmatischen Darstel= lung." „Die Wahrheiten, Thatsachen und Institutionen der gött= lichen Offenbarung sind ein organisches Ganzes ... Der Katechet wird sich also einer solchen Darstellung zu befleißen haben, worin das Eine der göttlichen Offenbarung durch ihr Mannigfaltiges durchgeführt, das Mannigfaltige aus dem Einen entwickelt und jedes nach seiner Beziehung zu diesem Einen und zu seinen Mitgliedern gewürdigt erscheint d. h. seine Darstellung wird pragmatisch sein müssen." S. 203.

Nach diesen herrlichen Worten zu urtheilen, hätte Hirscher offenbar seine Skizze zu einem Katechismus für Elementarschüler auf das dreieinige Werk der hl. Trinität: Schöpfung des Vaters, Er= lösung des Sohnes, Heiligung des göttl. Geistes aufbauen sollen.

Liest man jetzt die fragliche Skizze nochmal durch, so erkennt man erst recht, wie ungenügend sie sei.

Wir vermissen darin das Ganze, weil ein Haupttheil, nämlich das Werk des hl. Geistes in der Geschichte, die Kirche und die Gnade, gänzlich fehlet, ja nicht einmal genannt ist. Wir vermissen den Organismus, weil darin weder eine Hauptidee noch deren Durchgliederung hervortritt. Diese Skizze ist nicht Geschichte, und wenn auch, dann ist sie nicht systematisch. Daraus folgt, daß dieser Skizze gerade jene Eigenschaften mangeln, welche Hirscher von einem guten Katechismus verlangt: es fehlt das organische Ganze; es fehlt die historisch=systematische Methode.

2. Wirkliche Anordnung des katechetischen Stoffes. Wollen wir sehen, ob Hirscher in diesem zweiten, praktischen Versuche glücklicher ist und darin seine schöne Theorie besser zu verwirklichen, versteht.

Ja er hat es verstanden und ganz im Geiste des heiligen Augustin den Katechismus als narratio dargestellt. Ausgehend von der Schöpfung des Menschen und von der Geschichte des Sündenfalles schreitet er durch die Offenbarungen Gottes an die Patriarchen (Noe, Abraham) und Propheten (Moses) geschichtlich fort bis auf Christus, in welchem das Reich Gottes seinen Haupt= und Mittelpunkt gefunden hat. Die vom Geiste Christi erfüllte Kirche wird als sichtbare Erscheinung des Reiches Christi auf Erden hingestellt; die Zwecke dieses Reiches zu realisiren, sind ihr als Mittel gegeben: Bewahrung und Verkündigung der Lehre; Cultus, die Sacramente; Disciplin, Verfassung.

Auch die Moral wird geschichtlich gefaßt: wie das Reich Gottes in uns wird. Entwicklung desselben in der Jugend. Regeneration Gefallener. Grade im Guten. Besserung und ihre Geschichte. . . Der ganze Reichthum christl. Gesinnungen und Werke. Seligkeit des Himmels und Vollendung.

Auf der Basis dessen, was Gott durch Christus zur Begründung und ewigen Fortbauer seines Reiches hienieden gethan hat, beginnt die Kirchengeschichte. Das Evangelium bei der Kirche hinterlegt. Schrift und Tradition. Kampf und Sieg gegen Heidenthum und Häresie. Endliche Herrschaft des Evangeliums. Das Weltgericht. Das Reich Gottes in der Vollendung. —

Wahrhaftig! Das ist ein großartiger Grund= und Aufriß der ganzen Religionslehre, ähnlich dem, welchen der deutsche Baumeister einst in kühnen Ideen für seinen Dom entworfen hat.

Nur ein Bedenken steht auf. Der hl. Augustin hat seine narratio nicht für getaufte Kinder, sondern als Proselyten=Unterricht für erwachsene Juden und Heiden bestimmt, während Hirscher seine historisch=systematische Darstellung des Offenbarungs=Gan=

zen zu einem Schulkatechismus für getaufte Kinder verarbeitet wissen will. Ob das geht? Er selbst gesteht, daß die Idee des Reiches Gottes, geschieden von ihrer geschichtlichen Hülle, sich gar nicht popularisiren lasse (S. 149); daß aber diese Idee auch in geschichtlicher Fassung sich nicht als Katechismus für Kinder verarbeiten lasse, das hat Hirscher in seinem Katechismus factisch bewiesen, und selbst der populäre Alban Stolz, der hiezu eine Erklärung schrieb, konnte diesen Katechismus nicht populär machen. Das Volk ist über diesen idealen Katechismus und dessen Erklärung einfach zur Tagesordnung übergegangen, und wo man ihn, wie z. B. in Württemberg, eingeführt hatte, griff man alsbald wieder nach einem andern. Das möchte etwa ein Katechismus für T h e o l o g e n sein, wenn diese eines solchen bedürften; als Kinderkatechismus ist er nie lebensfähig geworden. So hat auch die katholische Kirche ihre getauften K i n d e r niemals katechisirt; sie bot denselben nur leicht-verdauliche Speise und faßte das Offenbarungs-Ganze in die kindlich einfache Form des Taufsymbols, des Dekalogs und Vaterunsers. Diese einfachen, kirchlichen Formeln, sagt Hirscher selbst, sind für den Katecheten g a r n i c h t u m g e h b a r, und doch — er umgeht sie, und folgt einer andern Anordnung).

3. Ob und in welcher Weise H i r s c h e r's K a t e c h i s m u s ein organisches Ganze in historisch-systematischer Form sei, und ob darin die narratio des heiligen Augustin sich realisirt finde, wird am besten aus dem Inhaltsverzeichniß zum k l e i n e n K a t e c h i s m u s H i r s c h e r's entnommen werden können, wie solches in dem diesbezüglichen Commentar von Alban Stolz vorgetragen ist [2]). Demzufolge zerfällt der ganze Katechismus in folgende sechs Hauptstücke:

I. Von Gott dem V a t e r:
    Gott ist — Gott ist Geist — Gott ist ewig — allmächtig —
    Gott ist die unendliche Liebe — allweise — unendlich heilig —
    Gott ist unendlich gerecht — wahrhaft und treu — allgegenwärtig — allwissend — unveränderlich — unendlich selig.

---

[1]) „Wenn ich fordere, daß den Zöglingen das Ganze des christlichen Religionsbegriffes zur organischen Uebersicht gebracht werde, so muß ich noch ausdrücklich beifügen, daß ich (wenn gleich sonst einer andern Anordnung folgend) das a p o s t o l i s c h e G l a u b e n s b e k e n n t n i ß und den Dekalog nicht nur für diesen Zweck nicht unbrauchbar, vielmehr, mit Rücksicht auf ihre Geltung und ihren Gebrauch in Kirche und Leben, gar nicht umgehbar finde." Katechetik S. 275. Wer Symbolum und Dekalog umgeht, e n t f e r n t s i c h v o n K i r c h e u n d L e b e n !

[2]) Im kleinen Katechismus selbst sind die Hauptstücke etwas versetzt; der Inhalt bleibt sich gleich. Wenn man die Aufeinanderfolge der einzelnen Hauptstücke so beliebig verändern kann, wie Alban Stolz mit Zustimmung Hirscher's gethan, so scheint der Organismus und das System nicht gar so streng zu sein.

Gott ist der allmächtige Schöpfer der sichtbaren und unsichtbaren Dinge. Gott erhält alles — Gott regiert alles. —

II. Von Gott dem Sohne und dem hl. Geist, dem Erlöser und Heiligmacher der Menschen.

1. Von der Sünde (der Engel und ersten Menschen), und
von dem Elend in der Welt (Erbsünde, wirkliche Sünde.)

2. Von den Vorkehrungen Gottes wider die Sünde von
Anfang an (zehn Gebote, die Opfer), und von den
Verheißungen des Erlösers.

3. Von der Person des Erlösers (wahrer Gott und
Mensch zugleich),
und von dem Werke des Erlösers von Sünde und
Strafe
— —: vom Verluste der Gnade und dem Seelen-
Verderbniß
— —: von Elend und Tod.

4. Von der Heiligmachung und Tröstung durch den hl. Geist.
Von der Person und dem Werke des hl. Geistes.

5. Von der heiligsten Dreifaltigkeit.

III. Von den Anstalten, durch welche uns Jesus Christus seiner
Erlösung fortwährend theilhaftig machen will, oder von der
Kirche.

1. Christus als Lehrer, Hoherpriester und König ist bei uns
alle Tage bis zum Weltende durch die Lehrer, Priester
und Hirten.
Vom Papste . . . Von der katholischen Kirche.

2. Vom kirchlichen Lehramte (Schrift und Tradition).

3. Vom kirchlichen Priesteramte (Gnade und 7 Sacramente).

4. Vom kirchlichen Hirtenamte (Kirchengebote, Kirchenstrafen).

IV. Von der wirklichen Einsetzung des Menschen in die ihm zu-
bereitete Erlösung und Heiligung — oder von der Rechtfertigung.

V. Von dem Leben des Menschen im Stande der Heiligung
oder: von dem Leben der Kinder Gottes.

1. In der Richtung auf Gott (Göttliche Tugenden; Gebet; Vater unser).

2. In der Richtung auf die Welt oder von den sittlichen
Tugenden.
Das Gotteskind im Verhältniß zu den Abgestorbenen, zu
sich selbst und zu den Mitmenschen.
Von der Selbst- und Nächstenliebe im allgemeinen
und im besondern; nämlich:

a) Selbst- und Nächstenliebe im brüderlichen Verkehr.
(Wahrhaftigkeit; Treue; Vertrauen; Eid. Leutselig-

keit, Milde, Schonung, Langmuth, Friedfertigkeit, Ver=
söhnlichkeit.)

b) Selbst= und Nächstenliebe im rechten Gebrauch der
von Gott verliehenen Kräfte: Vom Stand und Beruf,
vom wechselseitigen Beistand. Die geistlichen und
leiblichen Werke der Barmherzigkeit. Die neun frem=
den Sünden.

c) Selbst= und Nächstenliebe in Bezug auf Gesundheit und

d) in Bezug auf zeitliche Güter. (Erwerb und An=
wendung derselben. Sünden gegen die Gerechtigkeit.)

e) Selbst= und Nächstenliebe in Bezug auf das Ge=
schlecht. (Von der Keuschheit; von der Familie;
von den Dienstboten; von den Pflichten der Bürger
und Unterthanen.)

        Anhang. Von dem Verhalten gegen die Thiere.
Die Liebe, des Gesetzes Erfüllung.
Die acht Seligkeiten.
Die sieben Hauptsünden.

VI. Von den letzten Dingen.
      (Tod, Auferstehung, Gericht, Fegfeuer, Hölle, Himmel.)
      Der Hauptinhalt des Katechismus im Symbolum nach=
gewiesen. —

     Für uns ist nur die Eine Frage von Belang: Findet sich die
narratio des heiligen Augustin in diesem Katechismus zur Darstellung
gebracht, und ist dessen Methode wirklich die historisch=systematische?

     Das Systematisiren finde ich wohl, aber die Geschichte, die
eigentliche narratio, ist nirgends da bemerkbar. Wenn Hirscher
ein System der Dogmatik oder der Moral entwerfen wollte zum
Behufe akademischer Vorlesungen, dann etwa ginge es noch an;
wenn er aber in vorstehender Manier einen Katechismus schreiben
wollte für Kinder der Elementarschule und gar noch den geschicht=
lichen Gang dabei eingehalten zu haben vermeint, dann muß die=
ser katechetische Versuch als mißglückt erachtet werden.

     Was daran Gutes ist, ist nicht neu; und was daran Neues
ist, ist nicht gut.

     Hirscher fordert für den Katechismus vor allem Geschichte;
allein was an seinem Katechismus Geschichtliches ist, das findet sich
in jedem andern Katechismus auch, und zumal im Deharbe'schen, an
welchem er soviel zu kritisiren weiß. Ja selbst im apostolischen
Symbolum ist das ganze geschichtliche Moment, wie es in Hir=
schers Katechismus hervortritt, schon gegeben, vom Anfang der
Schöpfung bis zur Vollendung im ewigen Leben sich offenbarend
in dem Werke der Erlösung durch Christus (2.—7. Artikel), in
dem Werke der Heiligung durch den heiligen Geist (8. Art.), in

dem Fortwirken der katholischen Kirche, welche das Ganze sammelt zur Gemeinschaft der Heiligen (9. Art.) und den Einzelnen Erlösung und Heiligung vermittelt in der Rechtfertigung (10. Art.), damit alle zur Glorie der Auferstehung und des Himmels gelangen.

Daher ist auch am Schlusse des Hirscher'schen Katechismus die Frage gestellt: „Wo sind alle Lehren dieses Katechismus im Kurzen beisammen?" Die Antwort lautet: „Im apostolischen Glaubensbekenntniß." Und Alban Stolz bemerkt dazu: Was ihr nun in dem Katechismus gelernt habt, ist gleichsam die Erklärung von diesem apostolischen Glaubensbekenntnisse. Wir wollen nun kurz nachlesen, was der Katechismus über jeden Artikel des Glaubensbekenntnisses lehrt." —

Das kirchliche Leben und die kirchliche Uebung behält eben Recht: Das Symbolum ist nicht umgehbar für den Katecheten. So lange es einen katholischen Katechismus für Getaufte gibt, ist demselben immer das apostol. Symbolum als Taufsymbol zu Grunde gelegt worden. Wer für den Katechismus so mächtig die Geschichte zurückfordert und die Geschichte in den Katechismus zur systematischen Einheit verweben will, der sollte doch nicht die ganze Geschichte des Katechismus ignoriren und denselben gleichsam ab ovo construiren wollen.

Freilich hat Hirscher es verstanden, die Glaubens- und Sittenlehre zu einem organischen Ganzen systematisch zu verarbeiten; aber wenn wir schon bei der Glaubenslehre nicht mehr Geschichte gefunden haben als in jedem andern Katechismus: wo ist dann bei der Sittenlehre das historische Moment hingekommen? Wir lasen oben eine Menge Namen von Tugenden, die unter die Kategorien der Gottes-, Selbst- und Nächstenliebe in buntem Durcheinander untergebracht waren; aber wo ist die Geschichte? wo die historisch-systematische Methode?

Das ist wahr, Hirscher sucht das Wesen der Glaubenslehren und der Tugenden genetisch und in ihrem organischen Zusammenhange zu entwickeln, während z. B. Deharbe ein dürres, schulsteifes Gerippe von Artikeln und Geboten herbeibringt. Hätte Hirscher sein Talent und seine Mühe darauf verwendet, den Organismus des Symbolums und des Dekalogs darzustellen, so würde er seinen Zweck erreicht haben, ohne von der Praxis der Kirche, von ihrer Katechismus-Tradition[1]) sich zu weit zu entfernen. Die

[1]) Daß das apostol. Symbolum, der Dekalog und das Vaterunser von jeher den kirchlichen Lehr- und Lernstoff des katholischen Katechismus gebildet haben, ist in den „katechetischen Blättern" von Pfarrer Walf (Jahrgang 1877) in ausführlicher Weise geschichtlich dargelegt worden. Diese einzige katechetische Zeitschrift, welche wir besitzen, hat in der kurzen Zeit ihres Bestehens einen weiten Leserkreis in den Rheinlanden, in Böhmen, Tyrol, Oberösterreich u. s. w. sich erobert und verdient wegen ihrer gediegenen, maßvollen Haltung bei allen denkenden Katecheten die weiteste Verbreitung.

Scylla des Deharbe'schen Formalismus hat er glücklich vermieden, ist aber dafür gründlich in die Charybdis des einseitigen Systematisirens gefallen.

Deharbe gibt klare Begriffe in faßbarer Uebersichtlichkeit, und was ihm bezüglich der lebensvollen, organischen Verbindung der Einzeltheile mangelt, kann vom Katecheten einigermaßen ersetzt werden; Hirscher's Katechismus dagegen krankt an Ueberfülle des Organismus, wodurch das Gedächtniß des Schülers beschwert, das Verständniß verwirrt werden muß, so daß diesem Katechismus die erste Eigenschaft, die Lernbarkeit, fehlt. Der Katechismus ist ja eben das, was der Schüler lernen und so in's Leben mithinausnehmen soll. Ist derselbe also nicht lernbar, dann ist er unbrauchbar und zwecklos trotz aller andern guten Eigenschaften.

Hirscher hat also, wie wir gesehen, in seinen theoretischen und praktischen Leistungen den Katechismus als narratio aufzufassen versucht; unterscheidet sich aber vom hl. Augustin dadurch, daß er

a) nicht blos die Glaubenslehre, sondern auch die Gebote des christlichen Lebens, ja den ganzen Katechismus geschichtlich fassen will;

b) daß er nicht die historische, sondern die historisch-systematische Methode versucht, wobei ihm über dem Systematisiren die Geschichte wieder verloren geht;

c) daß er diese historisch-systematische Methode auch für getaufte Kinder im Schulkatechismus angewendet wissen will, während St. Augustin im Anschluß an die ersten christlichen Jahrhunderte die narratio nur für den Proselyten-Unterricht erwachsener Juden und Heiden bestimmt.

Gehen wir zur katechetischen Schule Hirscher's über.

## Mey.

Hirscher hat noch in seinen alten Tagen eine Broschüre geschrieben: „Besorgnisse hinsichtlich der Zweckmäßigkeit unsers Religionsunterrichtes." Herder, 1863. Er betont auch hier im Gegensatz zu Deharbe's Katechismus die genetische Entwicklung der Religionsbegriffe, aber von seiner historisch-systematischen Methode ist weiter nicht die Rede. Nur im „Anfang" spricht er sich dagegen aus, daß der Religionsunterricht schon bei den kleinsten Kindern mit einem Katechismus angefangen werde. Denn „in den drei ersten Schuljahren sollte nur biblische Geschichte gelehrt und kein Katechismus gebraucht werden. Die biblische Geschichte lehrt Alles, was so in einem kleinen und kleinsten Katechismus steht, ja sie lehrt viel mehr, und lehrt es zugleich in einer faßlichen, ansprechenden und bildenden Weise." S. 104.

Zugleich ist die biblische Geschichte für den spätern katechetischen Unterricht die Grundlage; auf sie weiset der Lehrer allezeit hin,

sogar in all seiner Lehrthätigkeit unter den Erwachsenen. Diese Ge=
schichte muß also gelernt, nachhaltig gelernt werden, und zwar
jetzt, weil sich später der begriffliche Unterricht des Katechismus
auf sie beziehen will und muß. S. 105.

Auch Deharbe erachtet die biblische Geschichte als wesentlichen
Bestandtheil des Unterrichtes bei den jüngeren Katechumenen; aber
er will, daß die Katechismus=Rubriken die Grundlage und den Träger
des ganzen Lehrganges bilden, in welchen die als nöthig erachteten
biblischen Erzählungen je am passenden Orte eingefügt werden sollen.

Der leider allzufrüh verstorbene Pfarrer Mey von Schwörz=
kirch, Diözese Rottenburg, theilt nun im Wesentlichen die Ansicht
Hirschers, in welcher ihm viel, sehr viel Wahres liegt. Jedoch
sagt er), nur im Wesentlichen, nicht im Ganzen und Ein=
zelnen, stimme ich denen bei, welche in der Weise, wie Hirscher
es verlangt, die biblische Geschichte als den Unterrichtsstoff für die
jüngsten Katechumenen ansetzen. Eine so umfassende Einführung in die h.
Geschichte ist für jetzt nicht möglich. Und was in den ersten reli=
giösen Unterricht gehört, darüber hat das Princip des sogenannten
Anschauungsunterrichtes nicht allein zu entscheiden, weil
der Glaube, um den es sich hier handelt, ein festes Fürwahrhalten
dessen ist, was man nicht sieht. (Hebr. 11,1.)

Mit dieser einseitigen und in dieser Einseitigkeit unberechtigten
Geltendmachung der Anschauung hängt es zusammen, wenn Hirscher
und die, welche ihm unbedingt zustimmen, eine übertriebene Scheu
vor „Formeln“ an den Tag legen. Kein Unterricht, der sichere,
klare Kenntnisse beibringen will, kann der festen, genau formulirten
Sätze entbehren. Der religiöse Unterricht kann sie um so weniger
entbehren, als es sich hier um positive Thatsachen und Wahrheiten
handelt, an welche der Mensch zu glauben hat. Darum sind
schon frühzeitig die Grundartikel der christlichen Offenbarung im
apostolischen Symbolum in bestimmten Sätzen zusammenge=
faßt worden. . . . In den ersten drei Jahren muß vor allem da=
rauf hingearbeitet werden, den Kindern die Kenntniß der Grund=
thatsachen der göttlichen Heilsökonomie beizubringen.
Das apostolische Symbolum gibt hiefür die Richt=
schnur. Die Thatsachen der Erschaffung, der Erlösung und Heilig=
ung des Menschen durch die Macht, Weisheit und Güte des drei=
einigen Gottes sind in großartigen, tief gemeißelten Zügen nicht so
fast vor den Augen der Kinder zu zeichnen als vielmehr plastisch
zu gestalten. Nur die Grundlinien, aber diese um so tiefer, klarer
und anschaulicher. Alles ist wegzulassen, was den Anfängern die
Erfassung des Gesammtbildes erschwert oder gar unmöglich

---

¹) „Vollständige Katechesen für die untere Klasse der katholischen Volks=
schule.“ Herder 1871.

macht. Das Ganze der Heilsordnung in ihren erhabenen Umrissen sollen wir die jüngsten Katechumenen schauen lassen . . . Durch ein solches Verfahren, das nicht Bildchen um Bildchen aus der hl. Schrift herausnimmt, sondern ein Gesammtbild zu geben versucht, tritt man in die Fußstapfen eines der größten Kirchenlehrer, des hl. Augustinus, welcher in seinem Buche de catechizandis rudibus freilich keine Kinder im Auge hat, sondern erwachsene Heiden[1]); daher von einer unmittelbaren Anwendung und Uebertragung seiner Anweisung auf die heutigen Verhältnisse keine Rede sein kann. Aber beachtungs= werth ist, daß er 1) den geschichtlichen Weg für jenen Unterricht eingehalten wissen will; 2) eine summarische Behandlung der Offen= barungsgeschichte vorschreibt, und 3) das Festhalten und Anstreben eines großen Hauptzieles (Liebe Gottes) beim ganzen Unterricht verlangt[2]).

Das also sind die Grundsätze Hirscher's und Mey's. Beide stimmen darin zusammen, daß in den ersten drei Schuljahren gar kein Katechismus gebraucht, sondern biblische Geschichten, während Mey nach altkirchlicher Tradition verlangt, es sollen neben der Ge= schichte auch einige Thatsachen und Lehren in genau formulirten Antworten eingeprägt werden.

Die Theorie und Praxis in den „vollständigen Katechesen" des Pfarres Mey ist so gründlich und correct, daß ich gestehen muß, nicht leicht etwas Schöneres, und was allen Katecheten aufs Beste empfohlen werden kann, gelesen zu haben. Um so mehr wird es entschuldigt werden, wenn ich auf einige Differenzpunkte über das Verhältniß von Geschichte und Katechismus aufmerksam mache.

1. Der hl. Augustin begreift in seiner narratio die hl. Ge= schichte von der Schöpfung bis zu den gegenwärtigen Zeiten der Kirche; also nicht blos einseitig die biblische Geschichte des alten und neuen Testamentes, wie Hirscher thut und Mey zu thun scheint, sondern die biblische und die Kirchengeschichte. Nicht Gott, sondern Christus und die Kirche sind es, welche St. Augustin in seinem großen historischen Tableau den Proselyten vor Augen führt als jene zwei Lebensfactoren, mit denen sie durch die Taufe bald in vitale Beziehung treten sollen. Um so mehr wird für getaufte Kinder die ganze Geschichte in diesen zwei Namen sich concentriren müssen: Christus und die Kirche!

---

[1]) Mey nimmt rudis gleichbedeutend mit idiota, illiteratus und meint, die rudes des hl. Augustin seien erwachsene, der Klasse der Ungebildeten angehörige Heiden gewesen, während St. Augustin auch die eruditi, gramma- tici et oratores (cap. 8. u. 9.) zu den catechizandis rudibus zählt.

[2]) Mey, Einleitung zu seinen Katechesen, pag. XXI—XXIV.

Es handelt sich hier um den Unterricht getaufter Kinder, und das ist doch ein allgiltiger pädagogischer Grundsatz, daß der Geschichtsunterricht bei Kindern nicht mit der allgemeinen Weltgeschichte, sondern mit der Vaterlandsgeschichte und zunächst, vom Elternhause beginnend, mit der Geschichte der Heimath anfangen müsse. Das heißt: vom Besondern zum Allgemeinen, vom Bekannten zum Unbekannten, von der concreten Anschauung zur Erkenntniß des ferner Gelegenen vorwärtsschreiten. „Je enger und beschränkter des Menschen Wesen ist, desto enger ist auch seine Welt. Da die Kinder nur eine kleine Welt haben, so muß auch die Weltkunde mit dieser ihrer kleinen Welt anfangen. Denn jeder Unterricht muß an das Bekannte das Unbekannte schließen, damit es mit demselben verwachse als etwas Gleichartiges. Mit des Schülers Welt muß die Weltkunde anfangen, nicht mit der Welt des Lehrers [1]).

Wo nun ist die Heimath des kleinen „Christen"? Die Kirche ist sein Vater- und sein Mutterhaus; in der Taufe ist es als Christ geboren, da ist die Kirche ihm eine Mutter geworden. Durch den Taufact ist also das Kind in das Reich Christi und der Kirche eingetreten und ein lebendiges Glied an diesem großen historischen Organismus geworden. Da fängt für dieses Christenkind die Religionsgeschichte an; da, bei der Taufe, muß also auch der erste Unterricht in derselben einsetzen. Es gibt keinen andern Ausgangspunkt des religiösen Geschichtsunterrichts, der sich psychologisch und pädagogisch rechtfertigen ließe, als eben den Taufact. „Im Namen des Vaters und des Sohnes und des hl. Geistes" — fängt bei der Taufe das neue Leben des Christen an, und damit beginnt für ihn auch die Geschichte Christi und der Kirche. Schon bei der Taufe wird diese Geschichte im Namen und Auftrag der Kirche erzählt im apostolischen Symbolum, worin die Grundthatsachen der ganzen Heilsökonomie vom Anfang bis zum Ende, die Schöpfung, die Erlösung, die Heiligung mit steter Rücksicht auf das ewige Leben vorgetragen werden. Hier ist das Ganze der Heilsgeschichte in einem Gesammtbilde, und zwar in einfachen, kurzen, für die kindliche Fassungskraft ganz geeigneten Sätzen enthalten, welche vom Katecheten, je nach dem Bedürfnisse der jeweiligen Schulkinder, durch biblische Einzelgeschichten erweitert werden können. Und was die Hauptsache ist, die Kirche selbst ist es, welche im Credo ihre eigene Geschichte erzählt, so daß der Katechet so ganz als Bote Christi und der Kirche vor den Kindern erscheint und nicht in seinem Namen und nach eigener Willkühr spricht und erzählt. „Das apostolische Symbolum ist hier die Richtschnur", sagt Mey ganz vortrefflich; weßhalb gewiß jedermann nicht anders erwartet, als

---

[1]) Harnisch, Weltkunde (Breslau 1820.)

daß er seine schönen Katechesen für die ersten drei Schuljahre auf dem apostolischen Symbolum aufbaue.

Schauen wir aber das Inhaltsverzeichniß seiner 56 Katechesen durch, so ist das Symbolum nirgends zu finden; statt eines Gesammtbildes gibt er nur Bildchen um Bildchen aus dem alten Testament im ersten Semester und aus dem neuen Testamente im zweiten Semester des Schuljahres, scheinbar der Hirscher'schen Theorie folgend.

Wir sagten scheinbar; denn das Symbolum ist und bleibt für einen Katecheten gar nicht umgehbar, auch wenn er geschichtlich verfahren will; und Mey ist zu sehr praktischer Katechet, als daß er sich durch Theorien vom rechten Wege ableiten ließe. Er hat deßhalb das Symbolum — ob bewußt oder unbewußt — seinen Katechesen zu Grunde gelegt, wie aus dem Inhaltsverzeichniß derselben sogleich in die Augen springt.

Er will im Sommerhalbjahr die biblische Geschichte des alten Testamentes behandeln und spricht doch in seiner ersten Katechese ausführlich vom heiligen Kreuzzeichen im Namen des Vaters, des Sohnes und des hl. Geistes. Das ist gewiß nicht alttestamentlich. Naturam furca expellas, tamen usque recurret. Er begründet diesen Ausgangspunkt gar schön: „Ein passenderer Anfang des religiösen Schulunterrichtes kann nicht gemacht werden als mit dem Kreuzeszeichen. Der Katechet lasse sich nicht durch andere Dispositionen des ersten Unterrichtes davon abbringen. Indem man mit dem Kreuzeszeichen beginnt, geht man vom Bekannten, Anschaulichen und Leichten aus, man verknüpft den Unterricht der Schule mit der Unterweisung des Hauses, und stellt, wie es für den christlichen Unterricht sich ziemt, die Grundgeheimnisse der Offenbarung an die Spitze. Das Unterrichtsgeschäft selbst erhält dadurch seine Weihe; denn „„durch dieses Zeichen wird jedes Geschäft geheiligt.““ Tertull. Mit dem Kreuzeszeichen, im Namen der allerheiligsten Dreifaltigkeit, hat der Pfarrer das Kind nach seiner Geburt an der Schwelle der Kirche empfangen; — in diesem Zeichen und in diesem Namen beginne auch die Aufhellung des Glaubens, der damals der Seele desselben eingegossen worden ist"[1]).

Bis zur 11. Katechese behandelt er folgende Themata: Gott — Gott in den drei Personen — der allmächtige Schöpfer — die Engel — die Schutzengel — der erste Mensch — das Paradies — der himmlische Vater.

Zur elften Katechese dann macht er die Bemerkung: „Hiemit schließt ein Abschnitt des Unterrichts. Alles, was von der dritten Katechese an vorgetragen worden ist, kann als eine Erklärung des ersten Glaubensartikels betrachtet werden. Mit der

---

[1]) Bemerkung zur zweiten Katechese.

folgenden Katechese geht der Unterricht zur einleitenden Erklärung jener Artikel des apostolischen Symbolums über, welche vom Erlöser handeln."

„Es ist also darauf zu sehen, das Zusammengehörige auch im Zusammenhange zu behandeln." Zur vierten Katechese — Gott in drei Personen — bemerkt Mey im Gegensatz zu Hirscher, „es müsse schon hier, das heißt gleich zu Anfang des religiösen Schulunterrichtes über das Geheimniß der allerheiligsten Dreifaltigkeit gesprochen werden, einmal um den Sinn der Worte beim Kreuzzeichen aufzuschließen und den Mechanismus beim Bekreuzen zu verhindern; dann sollen die Kinder gleich am Anfange den ganzen christlichen Gottesbegriff erhalten, damit sie glauben können, wie sie glauben sollen. Auch erhält, indem die Katechese über den dreieinigen Gott vorangestellt wird, der Unterricht sein Fundament und seine Eintheilung, insoferne derselbe keine andere Absicht hat, als die drei Grundthatsachen der Erschaffung, Erlösung und Heiligung zur fruchtbaren Erkenntniß zu bringen."

Mey hat Hirscher'sche Theorie von der narratio im Kopfe, und will biblische Geschichte des alten Testamentes erzählen; statt dessen spricht und katechisirt er unwillkürlich vom Kreuzzeichen, von der allerheiligsten Dreifaltigkeit, von den Schutzengeln, kurz vom apostolischen Symbolum. Vom Symbolum kommt er zum Dekalog und zum Vaterunser und Meßopfer, was gewiß keine alttestamentliche Geschichte ist. Symbolum, Dekalog und Gottesdienst — das sind ja eben jene Hauptstücke des Katechismus, welche die katholische Kirche von jeher katechisirt hat und was sie den Tauf=Katechismus nennt [1]).

Im zweiten Semester beginnt Mey seine Katechesen über die biblische Geschichte des neuen Testamentes, in der Wirklichkeit aber gibt er eine fortgesetzte Erklärung des apostolischen Symbolums und handelt von Jesus, seiner Menschwerdung und Geburt, von seinem Leben, Leiden, Sterben, von Auferstehung und Himmelfahrt, von Sendung des hl. Geistes und von der Kirche, in welcher Ablaß der Sünden ist; am Schlusse von den letzten Dingen. Dem Anscheine nach gibt er Bildchen um Bildchen, Geschichte um Geschichte; aber als ein einheitliches Ganzes lassen sich diese Katechesen nur fassen, wo sie als Gesammtbild von der Kirche zusammengefaßt sind,

---

[1]) Der Taufkatechismus, wie er bei dem Taufact in Anwendung kommt, besteht in diesen Dreien:

„Was verlangst du von der Kirche Gottes? Den Glauben." — Symbolum.
„Willst du zum Leben eingehen, halte die Gebote." — Dekalog.
„Geh' ein in Gottes Tempel, um Theil zu haben an Christus" — durch Sacramente und Gottesdienst.
Diese Trilogie des Taufkatechismus ist in den „katechetischen Blättern" historisch nachgewiesen.

im apostolischen Symbolum. Dieses ist nichts anderes als die artikulirte Durchführung des Kreuzzeichens. Wenn also Mey vom Kreuzzeichen im Namen des Vaters, des Sohnes und des heil. Geistes ausgeht, so hätte er consequent an der Hand und mit Zugrundelegung des Symbolums

die Schöpfung als That des Vaters,

die Erlösung als That des Mensch gewordenen Sohnes,

die Heiligung in der Kirche als That des hl. Geistes barstellen können und sollen. Dadurch wäre Einheit in die Vielheit gekommen, und getragen durch die kirchlich geweihte Formel des Symbolums wäre der Mund des Katecheten selbst zum Organ der Kirche geworden. Damit wäre zugleich der Sinn der Glaubensartikel aufgeschlossen und der Mechanismus beim Abbeten des Credo verhindert, was gewiß Aufgabe des ersten Religionsunterrichtes ist. Noch ein anderer Vortheil wäre dabei gewonnen: es wäre mit dem Credo dem Katechismus, welcher denn doch im vierten Schuljahre kommen muß, ein vollständiges Fundament gelegt, auf welchem sogleich fortgebaut werden könnte, während Mey in seinen Katechesen nur Bausteine, allerdings schon bearbeitete Bausteine liefert, welche erst zu einem organischen Ganzen zusammengefügt werden müssen.

Ueberhaupt reicht das Princip vom biblischen Geschichts-Unterricht nicht aus, um unter diese Decke den ganzen Stoff der Religionslehre für die drei ersten Schulklassen unterzubringen. Dies zeigt sich namentlich beim Dekalog, welcher, wie bei Hirscher so auch bei Mey, nur eine alttestamentliche Geschichte ist, in der Wirklichkeit aber im Geiste Christi und der Kirche erklärt wird. Das ist ein Widerspruch. Christus und die Kirche hat den altjüdischen Dekalog adoptirt, mit neutestamentlichem Geiste erfüllt, und kann derselbe offenbar von einem katholischen Katecheten nur als Gesetz Christi und der Kirche erklärt werden. Bei Mey und Hirscher hat der Dekalog eine ganz falsche Stellung, und Fröhlich zieht nur die Consequenz, wenn er die dekalogische Form der Pflichtenlehre überhaupt als jüdische Antiquität für einen katholischen Katechismus nicht mehr passend finden will.

Am allermeisten fällt Mey aus der Rolle des „Geschichtlichen" hinaus, wenn vom Gottesdienst gehandelt wird, welcher sich in die biblische Geschichte weder des alten noch neuen Testamentes nicht recht fügen will.

2. Hirscher stellt einen doppelten Grundsatz auf:

„Nach meiner Meinung sollte in den drei ersten Schuljahren nur biblische Geschichte gelehrt und kein Katechismus gebraucht werden."

Den ersten Grundsatz adoptirt Mey nur im Wesentlichen, indem er theils biblische Geschichte theils Lehrsätze als Stoff des

ersten katechetischen Unterrichtes verlangt; allein es will ihm nicht
gelingen, Geschichte und Lehrsätze zu einem organisch Ganzen zu verarbeiten, ja er kann nicht einmal einen objectiven in der Sache selbst
begründeten Maßstab angeben, welche und wie viele biblische Geschichten vorgetragen werden müssen. Sein Buch bietet deren wenige,
und nur seine Erfahrung und sorgfältige Beobachtung über Nothwendigkeit, Zweck und Möglichkeit habe ihn bestimmt, unter den gegebenen Verhältnissen über dieses bescheidene Maß nicht hinauszu-
gehen.

Den zweiten Grundsatz Hirscher's, daß in den drei ersten
Schuljahren ein Katechismus nicht gebraucht werden
solle, adoptirt Mey vollkommen.

Die Gründe Hirscher's mögen hiefür wohl nicht durchschlagend
erscheinen. Er sagt: „Die biblische Geschichte lehrt alles, was so
in einem kleinen Katechismus steht, ja viel mehr." Allerdings die
ganze Bibel enthält mehr als ein kleiner Katechismus; was folgt
daraus? daß man die ganze Bibel den kleinen Kindern in die Hände
geben und den kleinen Katechismus fallen lassen soll? Und wenn
nicht die ganze Bibel, — welche Theile davon? Soll man das alte
Testament zuerst nehmen oder das neue? Die Anhänger dieser biblischen Geschichts-Theorie sind heute darüber noch nicht einig. Denn
das alte Testament liegt ja den Anschauungen solcher Kinder in end-
loser Ferne, und das neue Testament will auch nicht recht passen.

Ja, sagt Hirscher, die biblische Geschichte lehrt dasselbe, was
der Katechismus, „aber in einer für das fragliche Alter faßlichen,
ansprechenden und bildenden Weise ... Wo in aller
Welt darf man die von Gott gesetzte Ordnung zu Kenntnissen zu
gelangen umkehren und statt mit Anschauungen mit abstracten Lehrsätzen anfangen?" Wie? Das Kreuzzeichen, die
Taufe im Namen der allerheiligsten Dreifaltigkeit, die zwölf Artikel
des Symbolums, der Dekalog, das Vater unser mit seinen sieben
Bitten — sind das abstracte Lehrsätze? Nichts kann concreter, faßlicher und bildender sein als diese Lehrformen, welche durch eine mehr
als tausendjährige Erfahrung von der heil. unfehlbaren Kirche als
katechisirbar erprobt worden sind.

Freilich wendet man ein, was brauchen Kinder die Formel von
den 5 Geboten der Kirche zu wissen, zu deren Beobachtung sie noch
nicht verpflichtet sind? Gruber erwidert ganz treffend: Es ist von
hoher Wichtigkeit, dem zarten, unschuldigen Kinde schon den Eindruck
beizubringen, daß die Kirche ihm auch Gesetze gebe, die es, erwachsen, zu beobachten schuldig sein wird.

Hirscher besteht immer darauf, das Kind soll im Religions-
Unterrichte etwas Ganzes empfangen; zur katholischen Lehre über
die Gebote, wenn sie etwas organisch Ganzes sein soll, gehören nicht

Schöberl, St. Augustin.                                             6

blos die Gebote Gottes, sondern auch die Gebote der Kirche. Wer die Lehre von den Sacramenten und vom Gottesdienste ausläßt, der hat eben nur Stückwerk, aber nicht das Ganze der katholischen Religionslehre behandelt. Daher darf der kleine Katechismus davon nicht Umgang nehmen; er würde sonst lückenhaft und könnte für den eigentlichen Schulkatechismus nicht als Fundament dienen.

Aber, sagt Hirscher, die biblische Geschichte ist die Grundlage, auf welche später der begriffliche Unterricht immer sich beziehen will und muß; also soll sie zuerst gelernt und nachhaltig gelernt werden.

Nun die Geographie und Chronologie sind auch zwei nothwendige Unterlagen des Geschichtsunterrichtes, und allerdings wer diesen letzteren dociren will, muß in den beiden ersten gut orientirt sein. Folgt aber daraus, daß ein Schüler, welcher Geschichte studiren will, vorher schon die Geographie und Chronologie gelernt und nachhaltig gelernt haben müsse? Das Nothwendigste reicht hin und das Weitere läßt sich gleichzeitig mit dem andern Gegenstande erlernen. So auch, wer in den ersten drei Jahren das Symbolum und die darin enthaltenen biblischen Geschichten von der Schöpfung, Erlösung und Heiligung sich angeeignet hat, weiß genug, um den Katechismus zu verstehen. Was dann das weitere und tiefere Eingehen in die biblische Geschichte betrifft, so kann und wird dasselbe ja neben dem Katechismus gleichzeitig fortbetrieben werden.

Hirscher's Gründe für biblischen Geschichtsunterricht vor und ohne Katechismus wollen nicht ziehen.

Mey ist nun auch entschieden gegen einen kleinen Katechismus für die ersten drei Schuljahre; aber in einem ganz andern Sinne als Hirscher.

Mey will da nicht blos biblische Geschichte gelehrt wissen; im Gegentheil, in seinem Buche hat er den ganzen Lehrstoff in Fragen und Antworten formulirt, in welchen eine bestimmte Summe von religiösen Lehrsätzen sammt Sprüchen zum Memoriren dargeboten ist, so daß es, wie er selbst sagt, ein Leichtes wäre, auf Grund seiner Katechesen ein solches Memorirbüchlein zu fertigen. Man dürfte nur die in seinem Buche enthaltenen Fragen und Antworten separat abdrucken, und man hätte einen „kleinen Katechismus" in optima forma. Ein solches Memorirbüchlein zu Handen des Lehrers und Katecheten will er nicht verwerfen; aber ja nicht zu Handen der Kinder zum „Auswendig"=Lernen. Weiter unten restringirt er auch diesen Satz und nimmt ihn theilweise zurück; denn „nicht gegen den Katechismus, sondern nur gegen denn zu frühen Gebrauch eines solchen spreche ich mich aus. Ich bin der Ansicht, daß die jüngeren Katechumenen d. h. sämmtliche Schüler der untern

Klasse mit Katechismen, welcher Art immer sie sein mögen, zu verschonen seien" [1].

Hier spricht wieder ganz Mey, der praktische Katechet, und sagt von dem Theoretiker Hirscher sich los, der gar keinen kleinen Katechismus und statt dessen nur biblische Geschichte haben will. Mit Mey kann man vollkommen einverstanden sein, wenn er für die unterste Klasse keinerlei Katechismus gebraucht wissen will und sagt: zwischen den Katecheten und die jüngsten Katechumenen soll sich kein Buch drängen, wie jener deutsche Fürst von der neuen Verfassung sagte: „Zwischen mich und mein Volk soll sich kein Blatt Papier drängen."

Da die Schüler der Vorbereitungsklasse Analphabeten sind, noch nicht lesen können und es erst lernen müssen, so wäre es gewiß thöricht, sie mit einem Katechismusbuche schon zu belästigen. Der Religionsunterricht für diese Kleinen muß offenbar — ohne Katechismusbuch zu ihren Handen — gegeben werden. Das ist aber nichts Neues; ich wüßte nicht, wer das Gegentheil behauptet hätte.

So lange diese Kinder nur mühsam lautiren, einzelne Worte lesen können, soll man sie mit dem „Auswendig-Lernen" aus einem Buche verschonen; Mey hat ganz Recht, man solle ja nicht zu frühe den Katechismus den Kindern aufoctroyren. Kinder des ersten Schuljahres sollen, zumeist unter Mithilfe des Lehrers, die nothwendigsten Gebete, die elementarsten Antworten und einige Sprüche richtig nachsprechen und aufsagen lernen. Die hl. Kirche betet das Kreuz, das Symbolum, den Dekalog, das Vaterunser und Ave Maria vor — die Kinder beten es nach. Da ist überreicher Stoff zum Memoriren und zum Katechisiren nach der Fassungskraft dieser Schülerklasse.

Aber wie stehts mit den Schülern des zweiten und dritten Schuljahres, welche schon hübsch lesen können: sollen auch die noch keinen Katechismus haben? Mey hat die vieljährige Erfahrung aus dem Katechetenleben für sich, wenn er auch für diese zwei Jahre noch keinen eigentlichen, in Frag und Antwort aufgelösten Katechismus zu Handen der Kinder wissen will. So einfach die seinen Katechesen vorausgedruckten Fragen und Antworten sind, — die Kinder sollen dieselben nicht gedruckt in einem Buche vor sich haben, um sie daraus zu memoriren. Ein solches Auswendiglernen ist bei diesen Kindern der reinste Mechanismus, welcher alles Denken und den lebendigen Verkehr mit dem Katecheten stört und hindert.

Soll also der sogenannte „kleine Katechismus" ganz aus der Schule ausgeschlossen sein? Mey will dies nicht gesagt haben; er meint nur: „Wenn die Kinder im vierten Schuljahre einen Katechismus in die Hand bekommen, so soll es kein anderer sein

---

[1] Einleitung pag. XLVIII.

als der eine und einzige Diözesan-Katechismus. Man gebe diesem Einen eine solche Einrichtung, daß er für alle Kinder, die nach dem Katechismus unterrichtet werden, brauchbar ist und brauchbar bleibt. In gleicher Weise bin ich auch der Ansicht, daß nur eine biblische Geschichte in einer Schule gebraucht werden soll. Jene Abschnitte der hl. Geschichte, welche den Kindern der untern Klasse nach geschehener Erklärung zum Memoriren aufgegeben werden können, sollen nicht jetzt in dieser und das Jahr darauf in einer andern Form erlernt werden. Dasselbe Buch, welches beim spätern Unterricht in der biblischen Geschichte als Leitfaden und Lesebuch dient, ist bei den Schülern des dritten Jahres zu verwenden"[1]). Also die Identität der Form ist bei der biblischen Geschichte zu wahren, d. h. die biblischen Geschichten, welche für die drei ersten Schuljahre sich eignen, müssen hier in der nämlichen Form mündlich erzählt werden, in welcher sie in den höhern Klassen als Lesestoff den Kindern zu Gesichte kommen. Es darf nicht eine biblische Geschichte für die Kleinen geben, worin die Geschichten anders erzählt sind als in dem Buche für die größern Schüler; es darf nur Eine biblische Geschichte geben.

In gleichem Sinne sagt Mey: es darf nur Einen Katechismus geben. Das kann und will nicht besagen, der katechetische Lehrstoff müsse qualitativ und quantitativ für alle Klassen gleich sein; sondern damit ist nur verlangt, der Katechismus, welcher in den drei ersten Schuljahren mündlich vorgetragen und memorirt wird, dürfe nicht in einer andern Form, in andern Fragen und Antworten erscheinen als wie im gedruckten Katechismus für die höhern Klassen. Das nämliche, was der Katechismus für die Kleinen enthält, muß auch der Diözesankatechismus in der nämlichen Form reproduciren. Der kleine und mittlere Katechismus dürfen nicht nebeneinander bestehen; beide müssen consubstanziell und nur Ein Katechismus sein.

Hier dürfte nun die bescheidene Frage erlaubt sein, ob Mey diesen seinen Grundsatz befolgt habe? Es scheint nicht; denn die Fragen und Antworten, welche er in seinen Katechesen mit den Kindern der drei ersten Schuljahre memorirt, finden sich in gar keinem Diözesankatechismus in der nämlichen Formulirung und Gedankenfolge wieder. Sein mündlicher Katechismus schließt sich an keinen approbirten Katechismus an, so daß seine Schüler im 4. Schuljahre einen Katechismus mit ganz neuen Fragen, neuen Antworten und mit ganz neuem Ideengange in die Hand bekommen. Sie haben jetzt zwei diverse Katechismen, einen mündlichen und einen gedruckten, und wenn sie den zweiten auswendig lernen sollen,

---

[1]) Einleitung pag. XLIX.

müssen sie zuerst die bisher memorirten Formeln aus dem Gedächt=
nisse entlassen. Beide verbinden sich nicht zu organischer Einheit.

Wohl würde Mey dieses zugestehen, aber bemerken, jener eine
und einzige Diözesankatechismus, der für alle Kinder brauchbar
ist und brauchbar bleibt, sei von ihm selbst eben postulirt, leider
aber noch nicht erfunden worden. Die glückliche Lösung dieser For=
derung sei eben das große Problem der schwebenden Katechismus=
frage. Der neue erst im Jahre 1876 (also nach dem vaticanischen
Concil) in der ganzen Erzdiözese Köln offiziell eingeführte Kate=
chismus gibt einen allverständlichen Fingerzeig zur Lösung dieser
Frage.

Im Ganzen genommen, hat man den mittleren Deharbe'schen
Katechismus mit geringen Modificationen vor sich, dem zum Schluß
die Deharbe'sche Religionsgeschichte angehängt ist. Diesem Kate=
chismus vorausgedruckt erscheinen sechs Seiten „Gebete und
Lehrstücke", nämlich: Kreuzzeichen, Gebet des Herrn, englischer
Gruß, das apostolische Glaubensbekenntniß, die zehn Gebote Gottes,
die fünf Gebote der Kirche, die sieben hl. Sacramente, die sieben
Stück, die jeder kennen und glauben muß; dann verschiedene Ge=
bote und christliche Uebungen.

Nun diese „Gebete und Lehrstücke" sind ungefähr der Memo=
rirstoff der ersten drei Schuljahre, welcher durch den Katecheten
mündlich erklärt und eingeübt wird. Damit ist auch schon der
ganze Lehrstoff gegeben, welcher im mittleren Katechismus, als
Frag und Antwort verarbeitet, den Kindern behändigt wird. Diese
Gebete und Lehrstücke bilden den kleinen Katechismus und geben
die Substanz, den eigentlichen Text, zu welchem der Diözesankate=
chismus nur den offiziellen Commentar liefert. Dieser ist der Auf=
riß, während jene Gebete und Lehrstücke nur den Grundriß des
katechetischen Gebäudes geben.

Zu diesem Zwecke wäre aber unbedingt nothwendig, daß der
kleine und mittlere Katechismus nach Einem gleichheitigen Maßstabe
entworfen und gezeichnet sei; daß also die Gebete und Lehrstücke
nicht in so willkürlichem Nacheinander und Untereinander erscheinen
dürfen, wie hier geschieht; die Gegenstände des kleinen Katechismus
müssen vielmehr nach dem nämlichen Principe und in der nämlichen
Ausgliederung verarbeitet sein, wie im mittleren Katechismus. Und
durchherrscht hier das Ganze die Trilogie: Glaube, Gebote, Gnaden=
mittel, so müssen auch die Gebete und Lehrstücke des kleinen Kate=
chismus nach diesem Schema geordnet sein. Dadurch wird die Iden=
tität beider hergestellt und sie werden zwei sein, aber in Einem
Leibe. Die „katechetischen Blätter" (Jahrgang 1878) suchen diese
Lösung der Katechismusfrage durch Consubstanzialität des kleinen mit
dem großen Katechismus ausführlich zu begründen.

Hienach würde dieser kleine Katechismus, vom Factum der Taufe und dem darin empfangenen Kreuzzeichen ausgehend, nur seinem Wortlaute nach das Symbolum, den Dekalog mit den Kirchen-Geboten, dann die Sacramente mit den primitivsten gottesdienstlichen Gebeten und Uebungen (Vater unser, Ave Maria, zum Gebetläuten, Rosenkranzgeheimnisse) als Memorirstoff bieten, ohne denselben in Frag und Antwort aufzulösen, jedoch so, daß diese Katechismustheile beim ersten Anblick schon als ein organisches Ganzes erscheinen, welches im größern Katechismus, in den Christenlehren und bis hinauf zu den theologischen Studien immer wieder erscheint und sein Recht, als Fundament der ganzen Religionslehre zu gelten, überall-hin behauptet.

Man wird es gewiß nicht für einen zu frühen Gebrauch des Katechismus ansehen, wenn dieser kleine Katechismus mit seinen etlichen Seiten den Kindern des zweiten oder doch des dritten Schul-jahres, bei denen die hiezu erforderliche Lesefertigkeit vorausgesetzt werden darf, als Memorirbüchlein in die Hand gegeben wird.

Dadurch wird es möglich, daß die Kinder immer das Ganze des Katechismus gegenwärtig haben und die einzelnen katechetischen Vorträge im Zusammenhange mit dem Einen und Ganzen auffassen lernen.

Der Katechet hat in den drei ersten Schuljahren diesen Grund-Text jedes Katechismus einzuüben und zu erklären, dabei aber genau an jene Fragen und Antworten des größern Katechismus sich zu halten, welche ihm, dem Katecheten, bei seinen mündlichen Vor-trägen an die Kleinen immer gegenwärtig sein müssen. Durch Vor-sagen und Nachsprechen solcher Fragen und Antworten lernen die Kinder schon ein gut Stück des größern Katechismus, bevor sie ihn in die Hand bekommen. Der Katechet legt so zugleich den Grund und arbeitet vor für sein späteres Katechisiren; das Kind aber wird sich bewußt, daß es mit dem kleinen Katechismus in den großen hineingewachsen sei, und daß beide so identisch seien wie das Kind selbst, welches vorher klein war, jetzt größer gewachsen, aber doch sich selbst gleich geblieben ist.

Der Katechismus von Montpellier (und ähnlich der Deharbe'-sche) hat drei Abstufungen: der große Katechismus, welcher mehr zum Lesen und für Gebildete gehört; dann der mittlere Katechismus, ein Auszug vom großen; endlich der kleine Katechismus als Aus-zug vom mittleren. Die genetische Methode geht aber nicht von oben nach unten, sondern wie alles Wachsthum von unten nach oben, so daß zuerst ein Stammkatechismus mit dem Grundtext kommt, aus welchem dann ein erklärter Katechismus mit seinem reichen Ge-äste von Fragen und Antworten hervorwächst.

Das ist klar und wurde bereits oben hervorgehoben, daß der

katechetische Unterricht wie immer, so besonders in den drei ersten Jahren recht anschaulich, faßlich und deßwegen mit reichlicher Verwendung biblischer Geschichten gegeben werden müsse.

Jetzt wird sich beurtheilen lassen, was Wahres und Falsches an der Ansicht Hirscher's sei, wenn er für die ersten drei Schuljahre keinen Katechismus und nur biblische Geschichte haben will [1]); auch die Aufstellungen Mey's über das Verhältniß des biblischen Geschichts- und des Katechismusunterrichtes werden im rechten Lichte erscheinen, und es wird klar geworden sein, mit welchem Rechte oder Unrechte Mey auf die narratio des hl. Augustin sich berufen konnte.

## Fröhlich.

In die Fußstapfen Hirscher's des Theoretikers tritt der Systematiker, Pfarrer Fröhlich von Attenweiler, Diözese Rottenburg. Die Principien, welche dem Meister in seinen zwei Katechismen durchzuführen nicht gelungen ist, will jetzt der Schüler, ebenfalls in einem größern und kleinern Katechismus [2]) zu That und Leben bringen.

Hier und jetzt haben wir von Fröhlich's Katechismen nur in soweit zu sprechen, als dieselben auf den Hirscher'schen Grundsatz aufgebaut sind: „Der Religionsunterricht muß geschichtlich sein", mit Berufung auf die narratio des hl. Augustin.

In seiner dem Katechismus vorgedruckten Ansprache an die Theologen und Schulmänner Deutschlands wird Seite 5 in dieser Beziehung gesagt: „Was nun denn die Glaubenslehre betrifft, so beruht sie ganz auf Thatsachen der göttlichen Offenbarung und muß deßhalb als eine Erzählung — narratio, wie der h. Augustin sagt, gegeben werden . . . Deßwegen zerlegt der neue Katechismus den ersten Jahrgang der Glaubenslehre in folgende drei, von selbst sich ergebende Theile (Abtheilungen genannt):

I.  Lehre von dem, was Gott für uns gethan hat:

---

[1]) In seiner Broschüre „zur Verständigung" modifizirt auch Hirscher seine Ansicht dahin, daß man ja alles, was oben als Inhalt des kleinen Katechismus bezeichnet wurde, als: Symbolum, Dekalog, Vaterunser ꝛc. an die biblische Geschichte anknüpfen könne und solle, und „daß es wünschenswerth sei, ein Lehrbüchlein der biblischen Geschichte zu haben, in welchem das, was in einem kleinen Katechismus zu stehen pflegt, überall am gehörigen Orte an die Geschichtserzählung angeschlossen wäre." Diese Idee Hirschers wollte Mey realisiren, hat aber weit mehr einen kleinen Katechismus zu Handen des Lehrers als ein Lehrbüchlein der biblischen Geschichte geschrieben. Zuletzt (1845) hat Hirscher selbst einen kleinen Katechismus geschrieben!! Tempora mutantur et nos mutamur in illis!

[2]) Bei Kösel in Kempten erschienen 1876 und 1877.

Er hat die Welt 1. erschaffen (Lehre von der Schöpfung);
er hat sie       2. erlöst (Lehre von der Erlösung);
                       3. geheiligt (Lehre von der Heiligung).

II. Lehre von dem, was Jesus in der Kirche fort und fort thut:

     1. er lehrt fort und fort (Lehre vom Lehramt Jesu);

     2. er opfert und spendet die Gnaden fort und fort (Priesteramt);

     3. er leitet und erhält die Kirche fort und fort (Hirtenamt).

III. Lehre von dem, was Christus thun wird (letzte Dinge).

„Daß die Glaubenslehre auf diese Weise d. h. geschichtlich gegeben werden kann (wie sie gegeben werden soll, es aber bei der rubricirenden Methode der alten Katechismen sie zu geben nicht möglich ist), stellt der neue Katechismus (außer der geschichtlichen Eintheilung) auch die Fragen so, daß mit denselben die Glaubenslehre als eine Erzählung von dem Katecheten vorgetragen werden kann, indem er z. B. frägt: Was hat Gott im Anfang gethan? Antwort: die Welt erschaffen. Was that Jesus, als er dreißig Jahre alt war 2c.; während die alten Katechismen ihre Fragen zur Erklärung der Rubriken des apostolischen Symbolums stellen, z. B. Was lehrt der erste, zweite, dritte 2c. Glaubensartikel? — wobei es nicht leicht möglich ist, die Glaubenslehre geschichtlich zu geben." Soweit Fröhlich.

In welchem Verhältnisse stehen diese Aufstellungen zu den im Buche de catechiz. rubibus vorgetragenen Grundsätzen des heiligen Augustin?

In seiner zweiten Katechismus-Broschüre[1]) sagt Fröhlich: „Die Religionslehre wird nach allgemeiner Ansicht am Besten als eine Erzählung von Gott und seinen Werken den Katechumenen beigebracht. Deßwegen stellt der neue Katechismus die Fragen zur Darstellung der Religionslehre als einer Erzählung damit der Katechet sie leichter als solche geben könne" (pag. 9). „Ein weiterer Unterrichtsgrundsatz verlangt, daß der Unterricht in der Religion geschichtlich sein müsse. Mit unsern Katechismen aber, welche zur Erklärung von Formularien eingerichtet sind, ist es nicht möglich, einen geschichtlichen Religionsunterricht zu ertheilen" (pag. 17).

Demzufolge sollte man meinen, Fröhlich wolle nach Hirscher's Theorie den ganzen katechetischen Stoff als Geschichte behandelt wissen; wenn er nun gleichwohl, wie aus seinem obigen Schema ersichtlich ist, nur den ersten Theil des Katechismus, die Glaubenslehre, weil ganz auf Thatsachen der göttlichen Offenbarung beruhend, geschichtlich auffaßt und eintheilt; so dürfte das ein Widerspruch mit seinen eigenen und Hirschers Unterrichtsgrundsätzen sein.

---

[1]) Widerlegung der Entwürfe. Kösel. 1875.

Fröhlich stimmt hier mit dem hl Augustin zusammen, in wie=
ferne auch dieser nur die Glaubenslehre unter dem Rahmen der
narratio darstellt, mit Ausschluß der eigentlichen Sittenlehre und des
übrigen katechetischen Unterrichtes.

Auch darin trifft Fröhlich den Gedanken des heil. Augustin,
wenn er die Lehre von dem, was Gott für uns gethan hat
(Schöpfung, Erlösung, Heiligung), als Geschichte, narratio, kateche=
tisch behandeln will. Wenn er aber auch das, was Christus in der
Kirche fort und fort thut, oder gar das, was er einst thun wird,
als Geschichte darzustellen versucht, so geht derselbe weit über den
Begriff der narratio des h. Augustin hinaus. Die Gegenwart und
die Zukunft ist noch nicht ein Geschehenes, noch nicht Geschichte:
kann also auch nicht erzählt werden. Das, was Christus thun wird,
oder die Lehre von den letzten Dingen, kommt deßwegen beim heil.
Augustin erst nach geschlossener Erzählung — „narratione *finita*
spes resurrectionis intimanda est". Cap. 7.

Ebenso ist ihm das, was jetzt geschieht, nicht mehr Gegenstand
der narratio; die Gegenwart ist ihm vielmehr jener Punkt, wo die
Geschichte und deren Erzählung aufhört — „narratio perducenda
est *usque ad* praesentia tempora Ecclesiae." Cap. 6.

Seit seiner Himmelfahrt ist Christus der Erde und ihrer ge=
schichtlichen Bewegung entrückt; er hat aufgehört, fernerhin als histo=
rische Persönlichkeit zu handeln, und was er fort und fort thut, kann
nur als übergeschichtliche Wirksamkeit gedacht werden. Seit
dem Pfingstfeste ist die Kirche allein jene Persönlichkeit, welche, vom
Geiste Christi getragen, auf eigene Verantwortlichkeit die ihr über=
tragenen Aemter Christi übt und vor der Geschichte zu vertreten hat.

Der II. Theil von Fröhlich's Glaubenslehre müßte also heißen:
Lehre von dem, was die Kirche fort und fort thut; die Kirche
lehrt; die Kirche opfert und spendet die Sacramente; die Kirche
leitet und regiert ihre Unterthanen, — das ist ihr Lehr=, Priester=
und Hirtenamt. Sie selber aber wird geleitet vom hl. Geiste.

Die Kategorie der Zeit allerdings hat diese drei Momente:
Vergangenheit, Gegenwart und Zukunft; aber die Geschichte weiß
nichts von Gegenwart und nichts von Zukunft; die Geschichte
kennt nur die Vergangenheit. Wenn also Fröhlich die Glaubens=
lehre geschichtlich behandeln will, so darf er nur von dem reden,
was Gott gethan hat; nimmer von dem, was er jetzt thut
oder künftig thun wird. Das geht in's Ungeschichtliche hinein.

Auch das, was Gott gethan hat (Schöpfung, Erlösung und
Heiligung), behandelt die kirchliche Katechese nicht als Vergangen=
heit, sondern sie macht das Vergangene gegenwärtig und stellt
es jetzt und immer wieder als Glaubensobject vor. Das Credo
in Deum Patrem, Creatorem — ist kein Perfect, sondern ein

Schöberl, St. Augustin.                                                    7

Präsens; kann also auch keine Erzählung sein, da in Präsensform geschildert, nicht erzählt wird. Der hl. Augustin, ja, der erzählt seinen noch außer der Kirche stehenden Proselyten die Thatsachen der heil. Geschichte zu dem Zwecke, daß der Glaube in ihnen aufleuchte — narro, ut credas.

Diejenigen aber, welche bei und nach der Taufe das Symbolum beten, die haben schon den Glauben, stehen schon mitten in der Kirche und hören aus ihrem Munde die Erklärung des Symbolums. Da heißt es: Credo, ut intelligam. Wie wenig die Zeiteintheilung nach Vergangenheit, Gegenwart und Zukunft — was Gott gethan hat, thun und thun wird — für die Glaubenslehre geeignet sei, muß Fröhlich bei Durcharbeitung seines Katechismus immer und immer erfahren, und durch verschiedene Modificationen, welche aber den ganzen Theilungsgrund alteriren, nachhelfen.

Im „allgemeinen Theil" der Glaubenslehre handelt er von Gottes Dasein, Wesen und Eigenschaften; gibt also wie jeder andere Katechismus bestimmte Lehrsätze, nicht Geschichte. Um aber auf den geschichtlichen (?) Theilungsgrund hinüberzukommen, stellt er am Schlusse die Fragen:

25. Frage: Was hat Gott im Anfang gethan? Er hat die Welt erschaffen.

26.    „    Was hat Gott gethan, als die Welt in Sünden gefallen ist? Er hat sie erlöst und geheiligt.

27.    „    Was thut Gott fort und fort? Er erhält und regiert die Welt.

28.    „    Was wird Gott am Ende der Welt thun? Er wird ein Weltgericht halten.

29.    „    Was thut Gott im Jenseits? Er belohnt die Guten und bestraft die Bösen ewig.

„Es zerfällt demnach, sagt er, die Wirksamkeit Gottes in drei Abtheilungen. Die erste handelt von dem, was Gott gethan hat; die zweite von dem, was Gott fortwährend thut; die dritte von dem, was Gott im Jenseits thut und dereinst thun wird"[1]).

Betrachten wir jetzt die Theilungsglieder selbst.

Die erste Abtheilung soll die Lehre enthalten von dem, was Gott gethan hat (1. bis 8. Glaubensartikel).

Nun aber sagt der 6. Artikel: „Er sitzet (jetzt) zur rechten des Vaters"; und der 7. Artikel sagt: „Von dannen er kommen wird (Zukunft) zu richten die Lebendigen und die Todten." Diese zwei Artikel lassen sich unmöglich unterbringen bei dem, was Gott gethan hat, weil die Gegenwart und die Zukunft etwas ganz Verschiedenes ist von der Vergangenheit.

Das erste Hauptstück dieser ersten Abtheilung handelt „von

---

[1]) Großer Katechismus, pag. 10.

der Erschaffung, Erhaltung und Regierung der Welt." Wenn auch die Erschaffung der Welt als etwas Vergangenes dargestellt werden mag, so kann doch keinenfalls die Erhaltung und Regierung der Welt zu dem gerechnet werden, was Gott gethan hat; denn Gott thut's ja noch, wie es gleich Frage 34 heißt: „Was thut Gott fortan an der Welt? Er erhält und regiert sie." Die Erhaltung und Regierung der Welt kann eben so gut zu dem gezählt werden, was Gott gethan hat (I. Abtheilung) als zu dem andern, was Gott noch fort und fort thut — (II. Abtheilung der Glaubenslehre). Das ist aber keine richtig methodische Gliederung, wenn das nämliche Object bei zwei Theilgliedern, und zwar bei einem so gut wie beim andern sich einfügen kann.

Das zweite Hauptstück handelt von Erlösung und Heiligung der Welt, oder von dem, was Gott gethan hat: er hat die Welt erlöst, er hat die Welt geheiligt. Das ist wohl eine Vergangenheit; aber Gott erlöst und heiligt die Welt noch, das ist Gegenwart. Somit würde die Erlösung und Heiligung gerade so gut in die I. wie in die II. Abtheilung der Glaubenslehre sich eingliedern.

Die zweite Abtheilung enthält die Lehre von dem, was Gott fortwährend thut, also „Fortsetzung des Erlösungs- und Heiligungs-Werkes." 9. Glaubensartikel.

Nun die Kirche hat freilich eine Gegenwart und gehört sonach in diese II. Abtheilung; aber sie hat auch eine große, mehr als 1800jährige Vergangenheit; die Kirche, oder wie Fröhlich sagt, Christus in ihr hat sein Lehr-, Priester- und Hirtenamt schon seit Jahrhunderten ausgeübt, weßhalb die Lehre davon ganz wohl zu dem gerechnet werden darf, was Gott an der Welt gethan hat, und somit in den Lehrkreis der ersten Abtheilung hineinfällt.

Oder z. B. das Opfer und die Sacramente hat Gott eingesetzt und insoferne gehören sie zur I. Abtheilung;

das Opfer wird fort und fort dargebracht; die Sacramente werden fort und fort gespendet, insoferne würden sie Gegenstand der II. Abtheilung werden.

Noch ärger verschwinden die Theilungsglieder in einander in der dritten Abtheilung: „Lehre von dem, was Gott einstens thun wird und im Jenseits thut — oder von den 4 letzten Dingen." (9. bis 12. Glaubensartikel.) Hier, wo es doch um das Zukünftige sich handelt, wechselt schon in der Inhaltsangabe das Präsens „thut" mit dem Futurum „thun wird". Die Lehre selbst beginnt mit der Frage:

„Was thut Gott nach dem Tode eines jeden Menschen?
Er hält alsbald Gericht über ihn."

Dieses besondere Gericht hat Gott schon oft gehalten, hält es gegenwärtig über die heute Sterbenden und wird es in Zukunft halten. Wenn dann weiter gefragt wird:

„Womit belohnt Gott nach dem Gerichte das Gute?

Mit ewigen Freuden im Himmel.

Womit bestraft Gott die Sünden?

Mit den ewigen Peinen in der Hölle (oder zeitlich im Fegfeuer)“; —

so können diese Sätze mit gleicher Wahrheit als Perfect, als Präsens oder Futurum gegeben werden:

Gott hat im Himmel belohnt; er hat mit Hölle und Fegfeuer bestraft;

Gott thut es noch; Gott wird es thun.

Auf diese Weise würde die Lehre vom Tod und Gericht, von Himmel und Hölle mit gleichem Rechte in die I. oder II. oder III. Abtheilung der Glaubenslehre eingesetzt werden können.

Wie dann diese 4 letzten Dinge mit dem 9. bis 12. Glaubens-Artikel sich decken sollen, ist nicht ganz zu errathen. Der 9. Artikel handelt zwar von der Kirche und von der Gemeinschaft der Heiligen im Himmel, auf Erden und im Fegfeuer. Allein die Kirche und die Gemeinschaft der Heiligen gehört der Vergangenheit und der Gegenwart an und läßt sich logisch und ausschließlich nicht zu dem fügen, „was Gott einstens thun wird und im Jenseits thut“, noch weniger zu den „vier letzten Dingen.“

Der 10. Glaubensartikel „Ablaß der Sünden“ lehrt, daß es in der katholischen Kirche eine Verzeihung der Sünden gebe; Gott hat Sünden verziehen, er thut es noch und wird es thun. Also ist nicht abzusehen, warum Fröhlich diesen Punkt in die III. Abtheilung der Glaubenslehre einreiht; er hätte ihn eben so gut in die I. und II. Abtheilung versetzen können.

Was die Nachlassung der Sünden zu thun hat mit der Lehre „von dem, was Gott einstens thun wird und im Jenseits thut“ oder gar mit den „vier letzten Dingen“, — das ist nicht recht er-sichtlich[1]).

Daraus wird zur Genüge erhellen, wie schlecht es mit dieser „geschichtlichen Eintheilung“ der Glaubenslehre bestellt sei: das ist keine Eintheilung, sondern ein Durcheinander, und wenn das eine Eintheilung heißen könnte, dann wäre sie doch keine „geschichtliche“. Denn Gegenwart und Zukunft sind nicht Geschichte, und die Ver-gangenheit für sich allein gibt ja keine Eintheilung. Sich aber mit dieser geschichtlichen Eintheilung auf die narratio des hl. Augustin

---

[1]) Im kleinen Katechismus von 1877 heißt es unter Frage 29: Was Gott gethan hat, ist im 1. bis 8. Glaubensartikel; was er fort und fort in der Kirche thut, ist im 8. und 9. Artikel; und was er thun wird, ist im 11. und 12. Glaubensartikel kurz zusammengefaßt. Somit hat der 10. Ar-tikel in dieser geschichtlichen Eintheilung keinen Platz mehr gefunden.

berufen, das geht fast über das Maß der deutschen Wissenschaft=lichkeit hinaus.

Fröhlich's neuer Katechismus rühmt sich aber nicht blos der geschichtlichen Eintheilung, sondern auch der geschichtlich gestellten Fragen, „so daß mit denselben die Glaubenslehre als eine Erzählung von dem Katecheten vorgetragen werden kann." Das muß anerkannt werden, Fröhlich suchte bei seiner Fragstellung möglichst vom Concreten, Factischen auszugehen und zum Begrifflichen fortzuschreiten, im Gegensatz zu jenen Kate=chismen, welche regelmäßig den abstracten Begriff voranstellen, um denselben dann in seine logischen Bestandtheile zu zerlegen. So denken die Kinder nicht: bei ihnen ist der Begriff immer das Letzte, das Concrete oder das greifbare Factum ist in ihrem Erkenntniß=Gange das Erste. Die katechetische Methode sollte diesem Gange der Kindesnatur sich anschließen; und soferne Fröhlich dieses an=strebte, ist seine Arbeit lobenswerth.

Doch sind ihm diese geschichtlichen Fragen manchmal mißglückt. So fragt er bei der Vorbereitungsklasse: „Wo hat dich Gott Vater erschaffen? Im Paradiese?" Zu dieser Antwort darf man gewiß ein Fragezeichen machen.

Oefter ist zwar die Frage concret gestellt, aber die Antwort sehr speculativ und nichts weniger als kindlich. Zum Beispiel auf die allererste Frage: Was enthält der Katechismus? folgt die Ant=wort: „Einen gedrängten Auszug aus der Lehre der katholischen Kirche über Gott und das gegenseitige Verhältniß Gottes und der Welt." Die zweite Frage: „Wie viele Theile hat der Katechismus? Zwei, einen theoretischen und einen praktischen." Das klingt für Kinder von 8—10 Jahren eher spanisch als deutsch.

Fröhlich hat sich große Mühe kosten lassen, Hirscher's Theorie zum Systeme zu verarbeiten, und manche Goldkörner sind darin zu finden; aber mit seiner geschichtlichen Eintheilung der Glaubenslehre hat er Unglück gehabt wie sein Meister. Dieser geschichtlichen Me=thode sich zu rühmen, haben beide wenig Grund, und am aller=wenigsten, sich dabei mit der narratio des hl. Augustin zu decken.

## Deharbe.

In dem „kurzen Abriß der Religionsgeschichte" von Deharbe, beginnend mit Erschaffung der Welt und fortgeführt bis auf die gegenwärtigen Zeiten der Kirche, ist die Idee der narratio des hl. Augustin am vollendetsten realisirt. Wenn es sich um einen Con=vertiten=Unterricht handelt, wird diese vortreffliche Arbeit ihre guten Dienste thun und den Zweck erreichen helfen, welchen St. Augustin mit der narratio beim Proselyten=Unterricht erzielt haben wollte.

Wir aber haben es mit Katechisation getaufter Kinder in ge=
ordneten Schulverhältnissen zu thun, wobei der Religionsunterricht
in einer bestimmten Reihe von Jahren an der Hand des vorge=
schriebenen Katechismus und der vorgeschriebenen biblischen Geschichte
ertheilt wird; und da drängt sich die Frage auf:

In welchem Verhältnisse steht Deharbe's Religionsgeschichte
    1) zu unserer biblischen Geschichte?
    2) zu unserem Katechismus?

## 1.

Die Geographie, obwohl ein Lehrgegenstand für sich, ist zu=
gleich eine nothwendige Hilfswissenschaft für den Geschichtsunterricht,
weil sie den Schauplatz kennen lehrt, auf welchem sich die Geschichte
der Völker abspielt. Ebenso ist die biblische Geschichte ein Hilfsbuch
für den Katechismus, weil sie einen geweihten Schatz von Beispielen
bietet, durch welche die Lehrsätze des Katechismus veranschaulicht und
illustrirt werden können. Andrerseits ist die biblische Geschichte ein
Gegenstand für sich, darstellend die historische Entwicklung des Reiches
Gottes auf Erden. Christus und die Kirche, vorgebildet
und vorbereitet im alten, in die Welt eingeführt im neuen Testa=
mente, bilden die beiden Centralgestalten, von welchen die ganze Be=
wegung der Religionsgeschichte beherrscht wird.

Das geschichtliche Leben der Kirche ist aber mit der Apostel=
Geschichte nicht abgeschlossen, kann also auch nicht vollständig in der
Bibel enthalten sein. Wer den Kindern das Reich Christi und der
Kirche nur insoweit geschichtlich vorführt, als es in der Bibel be=
schrieben ist, der hat ihnen nur ein Stückwerk, nicht das Ganze
gegeben. Somit gehört zur Religionsgeschichte nicht blos die soge=
nannte biblische Geschichte, wie wir sie neben dem Katechismus in
unsern Schulen gebrauchen, sondern auch die summarische Kirchen=
Geschichte bis auf unsere Tage. Das Programm hiezu, welches
nur im Detail ausgeführt werden dürfte, liegt in Deharbe's Abriß
der Religionsgeschichte vor[1]). Dadurch wäre der Baum des Lebens
gepflanzt, an welchem die Lehrsätze des Katechismus gewachsen und
zur geistigen Frucht erblüht sind. Ohne diesen geschichtlichen Unter=
Grund gleicht der Katechismus einer köstlichen Pflanze, die, dem
lebenspendenden Boden entrückt, Gefahr läuft zu verdorren.

Unsere gewöhnlichen „biblischen Geschichten" entsprechen ihrem
Zwecke nicht vollständig, weil sie die Kirchengeschichte bis auf unsere

---

[1]) Deharbe's Abriß der Kirchengeschichte reicht vollständig hin für
die Bedürfnisse der Volksschule; ebenso der darin vorgelegte Pragmatismus
der Geschichte des Reiches Gottes; — was darüber hinausgeht, fällt schon
in das Gebiet der Wissenschaft. Dagegen müßte die biblische Geschichte
Deharbe's, weil zu summarisch, durch die großen historischen Gestalten des
alten und neuen Bundes bereichert und detailirt werden.

Tage gar nicht haben, also stofflich mangelhaft sind; andererseits aber die Vielheit ihrer Erzählungen nicht durch den Centralgedanken: Christus und die Kirche zur organischen Einheit nicht immer zu verbinden verstehen, deßhalb auch in formeller Beziehung zu wünschen übrig lassen. Deharbe's Abriß kann, weil eben nur Abriß und Skizze, nicht genügen.

Beide zusammen und nebeneinander, biblische Geschichte und Abriß, wollen sich noch weniger vertragen. Denn es darf, wie Mey oben ganz richtig gesagt, wie nur Einen Katechismus, so auch nur Eine biblische Geschichte geben. Der „Abriß" nun enthält von der Schöpfung bis zum Schluß der Apostelgeschichte das nämliche, was die biblische Geschichte erzählt, aber in ganz anderer Form; auch in Deharbe's Katechismus sind ganze Stücke aus der biblischen Geschichte, namentlich des alten Testaments, vorgetragen, so daß der Schüler die nämliche Geschichte dreimal und in dreifach verschiedener Form zu lesen und zu lernen bekommt. Das ist nicht praktisch und verstößt gegen die didaktischen Grundsätze.

Wenn in allen Schulfächern auf eine einfache, natürliche und dem Gegenstand entsprechende Methode hingearbeitet und dadurch ein großer Fortschritt im Unterrichten angebahnt wird; dann sollten diejenigen, welche darüber zu bestimmen haben, auch auf ein methodologisch angelegtes Handbuch der Religionsgeschichte drängen, welches die biblische und Kirchengeschichte umfassen müßte und nach Maßgabe des von Deharbe gegebenen „Abrisses" am besten auszuführen sein dürfte.

In den ersten drei Schuljahren wären die geeigneten Piecen aus diesem Handbuche den Kindern mündlich vorzuerzählen und zu erklären, nach Inhalt und Form, ja sogar in den Wörtern und Satzbildungen möglichst an dieses Handbuch sich anschließend. Im 4. Schuljahre würde dasselbe zugleich mit dem Katechismus zu Handen der Schüler kommen[1]). Denn Religionsgeschichte und Katechismus sind zwei correlate Unterrichtszweige und bedingen sich gegenseitig wie Geographie und Geschichte.

### 2.

Wie verhält sich nun Deharbe's Religionsgeschichte zu seiner Religionslehre? Im Vorwort zu seinem größern Katechismus gibt er selbst darüber bündigen Aufschluß. Zuerst beruft er sich auf eine Encyclica Pius IX., worin hingedeutet wird auf die vielen, wunderbaren und glänzenden Beweise, welche für die Göttlichkeit unsers Glaubens gerade in der Geschichte sich finden lassen.

---

[1]) Dabei ist nicht ausgeschlossen, daß nicht auch schon bei Kindern des dritten Schuljahres, wenn sie fertig lesen können, dieses Handbuch gebraucht werde. Einen „Auszug" davon drucken und lernen zu lassen, möchte weder nützlich noch rathsam sein.

Daß die Religionsgeschichte deßhalb den Erwachsenen jeden Standes zum Studium zu empfehlen, auch für die Schuljugend ein sehr bildender und den Glauben tiefbegründender Unterrichtszweig und gleichsam der stützende Pfahl sei, an welchem das Gewächs des Katechismus festgehalten und emporgeleitet wird, — wer wollte das bezweifeln? Darum haben wir oben die Religionsgeschichte als Correlat des Katechismus erklärt und beide als gleichnothwendig bezeichnet.

Außerdem citirt Deharbe auch den heiligen Augustin, welcher in seinem Buche de catechiz. rudibus (cap. 3 und 6) den Katecheten ermahne, „daß er den Unwissenden die ganze Geschichte von der Erschaffung bis auf die gegenwärtigen Zeiten der Kirche kurz erzähle und über alle Ereignisse die Ursachen und Gründe anführe, — und wohl Schade, daß man in der Folge der Zeit diese Vorschrift zu beachten vergaß! Allerdings darf um der Geschichte willen das Dogma nicht hintangesetzt werden. Sie soll nur nach dem Gleichnisse des heil. Augustin wie das Gold sein, in welches eine Reihe von Edelsteinen gefaßt wird, und welches deren Glanz nicht verdunkeln darf, im Gegentheile dazu dient, denselben hervorzuheben und die Steine selbst festzuhalten" [1]).

Das Dogma, sagt Deharbe, darf um der Geschichte willen, nicht hintangesetzt werden; also müssen beide als gleichberechtigt gelten. Gleichwohl soll aus dem vorhin Gesagten der Grund einleuchten, „warum im vorliegenden Katechismus der Religionslehre ein kurzer Abriß der Religionsgeschichte vom Anbeginn der Welt bis auf unsere Zeit vorangehe."

Inwiefern der große Katechismus für Erwachsene und für den Convertiten-Unterricht berechnet ist, mag dieses Vorangehen der Religionsgeschichte mit der Auctorität des heil. Augustin begründet werden; wenn aber auch in dem mittleren für getaufte Werktagschulkinder bestimmten Katechismus die Religionsgeschichte der Religionslehre vorgedruckt erscheint, so wird dieses weder theoretisch noch praktisch sich rechtfertigen lassen. Der Titel heißt ganz richtig: „Großer katholischer Katechismus mit einem Abrisse der Religionsgeschichte." Man sollte daraus schließen, der Katechismus und die darin enthaltene Religionslehre sei das Erste, das Hauptsächliche und der Abriß nur ein Zweites, eine nachfolgende Beigabe. Wenn man aber das Buch öffnet, sieh da! zuerst die Religionsgeschichte! Freilich könnte man sagen, beide Unterrichtszweige seien gleichberechtigt, somit liege Nichts daran, ob die

---

[1]) Vorwort Seite X. Nach Deharbe wären sonach die Dogmen jene Edelsteine, welche von dem umfassenden Golde der Geschichte festgehalten werden. Dagegen versteht St. Augustin unter den Geschichtsereignissen jene Edelsteine, und die Darlegung der Gründe und Ursachen, d. h. der Causalnexus dieser geschichtlichen Thatsachen, ist ihm das umfassende Gold.

Religionsgeschichte oder die Religionslehre vorausgedruckt sei. Zu=
dem auf der ersten Seite schon sei dem Inhaltsverzeichniß die Be=
merkung angefügt: „Der Religionsunterricht beginnt mit der
Religionslehre Seite 33."

Gerade deßhalb ist es um so auffallender, daß trotzdem die
Religionsgeschichte vorausgedruckt erscheint. Wer zuerst kommt,
mahlt zuerst. Wenn also mit der Religionslehre begonnen werden
muß, dann sollte sie in einem Leitfaden, in welchem die Ordnung
der aufeinanderfolgenden Lehrgegenstände vorgezeichnet ist, offenbar
auch vorausgedruckt sein. Die Bemerkung auf der ersten Seite sagt
dem Katecheten: Hier hast du einen Leitfaden für deine Lehrthätig=
keit; aber laß dich nicht davon leiten; fange hinten an und vorne
höre auf. Die Religionslehre steht hinten, die nimm zuerst; die
Religionsgeschichte steht voraus, die nimm zuletzt!

Es muß eine eigene Bewandtniß haben, daß trotzallbem die
Religionsgeschichte „vorangeht." Des Räthsels Lösung ist auf der
letzten Seite des Katechismus zu lesen unter der Aufschrift: „Zur
Wiederholung des Ganzen." Hier zeigt es sich, daß Re=
ligionsgeschichte und Religionslehre nicht als zwei selbstständige, gleich=
berechtigte Unterrichtsgegenstände gefaßt werden, sondern in einem
Abhängigkeitsverhältnisse wie das Begründete von dem Begründenden.
Die Religionsgeschichte muß zuerst begründen und
den Beweis liefern, daß die Religionslehre geglaubt
werden müsse. Diese Methode ist aber getauften und gläubigen
Kindern gegenüber gar nicht statthaft. Das kindliche Erkennen geht
gerade umgekehrt: von der Folge zum Grunde, von der Wirkung
zur Ursache; es schaut zuerst die Frucht auf der Krone des Baumes
und erst viel später dessen verborgene Wurzel. Das getaufte Kind,
welches zur Schule kommt, glaubt bereits und will nur lernen, was
es zu glauben hat, wobei die Geschichte als Mittel dient, diesen
Glauben tiefer zu begründen. So fragt der hl. Augustin seinen
Schüler am Schlusse der narratio, ob er das glaube, was ihm da
erzählt worden ist, während Deharbe am Schlusse seiner Religions=
geschichte fragen müßte: Weißt du jetzt, warum du glauben mußt?
Er gibt die geschichtlichen Beweise für die Glaubwürdigkeit der Kirche
(motiva credibilitatis); St. Augustin aber gibt das Object des Glau=
bens selbst. Der hl. Kirchenlehrer wendet sich mit seiner Erzählung
zwar an den Verstand, um ihn zu erleuchten, aber zumal an den
Willen und an das Herz, so daß der Zuhörer am Schlusse aus=
ruft: Ja Herr, ich glaube, ich liebe! Deharbe hingegen wendet sich
zunächst an den Verstand, will denselben mit Geschichtsbeweisen
überzeugen und zum Eingeständnisse bewegen: Ja, der Glaube ist
vernünftig: ich weiß jetzt, warum ich glaube! —

Dieses rationalistische Beweisverfahren wäre einem Kinde gegen=

Schöberl, St. Augustin.                                    8

über ganz Unnatur. Durch die Thatsache der leiblichen Geburt und die tausendfache Erfahrung an der Mutterbrust weiß das Kind besser, als alle andern Beweise es ihm sagen könnten, daß diese Frau seine Mutter ist. Dieses einem Kinde durch einen Syllogismus zu beweisen, ist eine platte Unmöglichkeit. Ebenso weiß das Kind durch die Thatsache der geistigen Wiedergeburt in der Taufe, daß die Kirche seine Mutter ist; und dieses primitive Verhältniß zwischen Mutter und Kind dem letztern erst vordemonstriren zu wollen, ist weder möglich, noch nützlich, noch nothwendig[1]). Die Religionsgeschichte hat erst hintennach zu kommen und dem Kinde zu zeigen, wie groß und herrlich und gottbegnadigt seine Mutter die Kirche sei, damit sein Glaube um so freudiger und inniger werde.

Wenn nun Deharbe die Religionsgeschichte als Glaubensbegründung „vorangehen" läßt, so will demselben hiemit kein Vorwurf gemacht werden. Denn man darf nur seinen Katechismus genauer ansehen, dann wird man finden, daß er zuerst die Religionslehre bearbeitete, später erst die Religionsgeschichte, und am allerspätesten (darum steht es auch auf der letzten Seite des Katechismus) gleichsam nachträglich auf den Gedanken kam, die Religionsgeschichte müsse als Begründung der Religionslehre vorausgehen. Das Endresultat der Religionsgeschichte ist der Beweis, „daß die von Gott gestiftete Kirche keine andere sein kann als die römisch-katholische." Jedermann sollte nun erwarten, daß die unmittelbar sich anschließende Einleitung in die Religionslehre mit der Frage beginnen müßte: „Was lehrt diese römisch-katholische Kirche?" Statt dessen ist die Kirche in der ganzen Einleitung mit keinem Worte erwähnt, und wird ganz ex abrupto vom Ziel und Ende des Menschen gehandelt. So wenig hängen Religionsgeschichte und Religionslehre zusammen, daß man meinen könnte, beide seien von verschiedenen Auctoren bearbeitet. Das Abhängigkeits-Verhältniß der einen von der andern ist sonach in der ursprünglichen Anlage gar nicht begründet, sondern offenbar später hineingedacht worden.

Die ersten Ausgaben des mittleren Katechismus haben deßhalb diese Religionsgeschichte überhaupt nicht und die neueren Bearbeitungen haben dieselbe entweder ganz weggelassen (München, Regensburg ꝛc.) oder der Religionslehre angehängt, wie die neueste Kölner Ausgabe thut.

Ist das „Vorangehen" der Religionsgeschichte von theoretischen Gesichtspunkten aus nicht haltbar, dann muß man auch sagen, daß nicht leicht etwas so Unpraktisches sich denken lasse, als in einem Schulbuche für Kinder 32 enggedruckte Seiten vorauszubinden mit dem ausdrücklichen Bemerken, daß dieselben nur zum Ueberschlagen

---

[1]) Der Beweis hiefür ist ausführlich in den „katechetischen Blättern" gegeben. Jahrgang 1878.

da seien und der katechetische Unterricht erst bei Seite 33 anfange.
Mehrere Jahre müssen die Kinder täglich, ja öfters im Tage den
Katechismus zur Hand nehmen und vielhundertmal diese 32 Seiten
überblättern, um nur mühselig ihr Pensum zu finden, bis dann
endlich einmal — vielleicht erst in der Feiertagschule — oder gar
nie diese lang vernachlässigte Religionsgeschichte zur Sprache kommt.
Ist es also nicht höchst unpraktisch, ihr den ersten Platz im Katechismus einzuräumen, und wäre es nicht angezeigt, dieselbe der Religionslehre folgen zu lassen?

Noch niemanden ist es eingefallen, zwei verschiedene Gegenstände wie Geographie und Geschichte in Einem Schulbuche mit-
einander zu verquicken und so eines durch das andere zu beeinträch-
tigen; noch niemand hat den Katechismus mit der biblischen Geschichte
des alten und neuen Testamentes in Ein Buch zusammengebunden.
Nun so sollte der Katechismus als Religionslehre und ebenso die
biblische Geschichte erweitert und ergänzt durch die Kirchengeschichte
jedes für sich bearbeitet und gedruckt und gebunden sein. Dadurch
würde die Religionsgeschichte die ihr gebührende selbstständige Stellung erhalten und zur tiefern Begründung der Religionslehre bei
getauften Schulkindern in ähnlicher Weise mit- und nachhelfen,
wie die narratio des heil. Augustin beim Proselyten-Unterricht der
Erwachsenen vorarbeiten mußte. —

## Palmer.

In protestantischen Kreisen ist bei den Fachleuten große
Rührigkeit bezüglich der katechetischen Druckarbeiten, wie aus dem
literarischen Novitäten-Anzeiger hervorgeht, welcher allmonatlich in
den „katechetischen Blättern" von Walk aufgenommen ist. Auffallend
hiebei erscheint, daß immer gute Zweidrittheile dieser protestantischen
Leistungen sich mit biblischer Geschichte befassen, der Katechismus selber
aber weniger berücksichtigt wird. Es hat das auch seinen Grund;
denn das Dogma, welches mit der „freien Forschung" von Haus
aus nicht gut sich vertragen will, ist von jeher die schwache Seite
des Protestantismus gewesen. Luthers kleiner Katechismus ist nach
Inhalt und Methode für die moderne Schule ein längst überwun-
dener Standpunkt, ohne daß es bei der herrschenden Zerrissenheit
der theologischen Ansichten möglich wäre, einen dogmatisch, methodisch
und sprachlich richtigeren Katechismus aufzustellen, der nur irgend-
wie auf eine officielle Einführung und gutwillige Aufnahme bei den
einzelnen Landeskirchen hoffen ließe. Darum finden es die meisten
für besser, über den Katechismus zu schweigen und sich desto eifriger
auf Bearbeitung der Bibel und der biblischen Geschichte zu werfen.
Denn — das ist das große Trostwort — der religiöse Unterricht
muß ja doch geschichtlich sein, wie schon Augustinus durch
Wort und Beispiel gelehrt hat.

8*

Da es nicht möglich ist, die ganze diesbezügliche Literatur zu berücksichtigen, beschränken wir uns auf die Hauptvertreter der reformirten und der strenglutherischen Richtung — nämlich Palmer und von Zezschwitz —, und wollen sehen, in welcher Weise von denselben die narratio des hl. Augustin systematisch verarbeitet wurde.

Dr. Christian Palmer, vormals Prof. in Tübingen, spricht in seiner, großes Ansehen genießenden „Evangelischen Katechetik" [1]) den Grundsatz aus: „Wie im Leben der Kirche selber das erste die **mündliche Verkündigung** der Offenbarungsthatsachen, als eine Ueberlieferung von wesentlich **geschichtlichem Inhalte** war, welcher dann erst die Abfassung und Sammlung der **Schrift** neuen Testamentes folgte, aus welcher sich endlich der christliche Glaubens-Inhalt in bestimmte, **sachlich geordnete Sätze** zusammenfaßte [2]): so entspricht dieser Gang auch der natürlichen Entwicklung des Kindes, hat also eine psychologische Berechtigung. Die **heiligen Geschichten** führen dem kindlichen Geiste zu allererst die nöthige Nahrung zu, sie erfüllen denselben mit einer Reihe von Vorstellungen, die ihm die Welt nicht bietet, worin es einen Schatz heiliger Wahrheit schon sich aneignet. In die **Schrift** wird es sofort eingeführt, um den Gott und Erlöser, von dem es erzählen hörte, nun selbst zu hören und um ebendamit hineingerückt zu werden in das gesammte Reich der Offenbarung . . . Aber die Fülle und Mannigfaltigkeit des Schriftinhaltes machte es wieder nothwendig, daß, was hier weitausgebreitet vor des Kindes Auge liegt, zusammengefaßt wird in ein übersichtliches Lehrganzes, das nun von dem inzwischen gereifteren Geist und Herzen subjectiv vollkommen angeeignet und darum als Bekenntniß ausgesprochen werden kann." pag. 88.

Darnach unterscheidet Palmer einen dreifachen Stufengang der katechetischen Unterweisung: **Tradition — Schrift — Katechismus**; und eine dreifache Schülerklasse: den **Geschichtskurs** (1. und 2. Schuljahr), den **Bibelkurs** (3.—6. Schuljahr) und den **dogmatischen Kurs** für den **Katechismus** (die letzten Schuljahre nebst Confirmanden-Unterricht).

---

[1]) Erschienen 1844 in I. und 1875 in VI. Auflage, von welch letzterer die obigen Seiten-Citate sich verstehen.

[2]) Christus hat mündlich, gar nicht schriftlich unterrichtet; die Apostel haben den Gegenwärtigen gepredigt und den Abwesenden geschrieben, — das war **gleichzeitig**. Paulus hat die Römer **zuerst** brieflich, dann mündlich belehrt. Einen derartigen Stufengang, daß das nämliche den nämlichen zuerst mündlich, dann in höherer Potenz schriftlich mitgetheilt würde, ist im Wesen und Leben der Kirche nicht begründet. Die mündliche Predigt ist vor, mit und nach der Schrift. Die sachlich geordneten Lehrsätze stammen der Hauptsache nach aus der Apostelzeit, sind also ebenfalls der Predigt und Schrift gleichzeitig.

# 1. Tradition.

Palmer bemerkt vor allem, daß er das Wort Tradition nicht in römischem Sinne nehme und damit nur das nämliche sagen wolle, was andere mit narratio bezeichnen.

Hirscher, früher ebenfalls Theologieprofessor in Tübingen, hat in seiner Katechetik schon vordem die Idee ausgesprochen, welche Palmer, sein Collega, hier reproducirt, daß nämlich ein Katechet das Ganze der gnade- und weisheitsvollen Heilsordnung Gottes in jener fortschreitenden Enthüllung darlegen soll, in welcher dasselbe (und Gott in ihm) sich selbst mehr und mehr enthüllt und verherrlichet hat. Denn indem man lehren will, was Gott verkündet und gethan hat, kann man kaum umhin die Ordnung zu befolgen, in der Er — immer mehreres enthüllend und vorkehrend, selbst sich geoffenbaret hat. Und da sich in den Menschen-Altern gewissermassen die Weltalter wiederholen, so thut insbesondere der Katechet wohl, seinen Anfängern das zu geben, was der Menschheit in ihrer Kindheit geoffenbaret ward. Mit dem Wachsthum der Kräfte wird er dann das Ganze der göttlichen Heilsordnung mehr und mehr in jener zunehmenden Herrlichkeit darlegen, in der es sich selbst dargelegt und in der Fülle der Zeiten erklärt hat[1]).

Früher, sagt auch Palmer, habe man den religiösen Unterricht mit dem Katechismus begonnen, mit Memoriren und Recitiren mehr als mit dessen Auslegung sich abgeplagt; aber die Katechetik hat einmal Fortschritte gemacht, die wesentlich daran sich knüpfen und darauf ausgehen, das zu Lehrende genau der Fähigkeit der Kinder anzupassen, es psychologisch zu vermitteln. Und hier trifft ein psychologisches Moment genau mit dem theologischen und dem geschichtlichen zusammen. Denn Gott hat die ersten Menschen nicht mit einem Katechismus erschaffen, ihnen auch keine heilige Schrift in die Hand gegeben, damit Adam und Eva mit einander Bibelstunden halten könnten. Nein, mündliche Ueberlieferung war immer das erste, und zwar nicht als Ueberlieferung von Lehrsätzen, sondern als Kunde einer Geschichte: die Thaten Gottes zu verkünden, dazu haben die Männer Gottes den Mund aufgethan.

---

[1]) Hirscher, Katechetik pag. 120. Der Sinn dieser Rede kann wohl nur sein: Adam, Moses, Christus. Führe also dein Kind zuerst in die Ur-Religion ein, dann in die mosaische, endlich in die christliche. Zuerst lerne es das Gebot im Paradiese, dann die noachidischen, dann die Sinai-Gebote, endlich die Gebote Christi und der Kirche. Diese Ordnung hat Gott, dieselbe muß auch der Katechet einhalten. Von der Thora zum Evangelium! Das ist die berühmte geschichtliche Methode. Palmer fängt doch wenigstens beim neuen Testament an und sagt: Indem wir der ersten Kindheitsstufe, so weit das katechetische Wirken zurückreicht, die Tradition zuweisen, gewinnen wir eine Parallele zu der geschichtlichen Entwicklung der Kirche, deren Lehr-thätigkeit gleich anbeginns nicht Schrift, sondern nur Tradition gewesen ist pag. 141.

So richtet sich das erste Interesse des Kindes auf Geschichte, auf Erzählung; es ist die Einbildungskraft, die dadurch in Anspruch genommen, befriedigt und gefesselt wird. Und zwar zunächst durch mündliche Erzählung; nicht blos weil auf der ersten Stufe noch keine Lesefertigkeit vorhanden ist, sondern weil das mündliche Erzählen als lebendige Darstellung dem lebendigen Sinne des Kindes allein entspricht. (85. 86.)

In dieser Auffassung, welche den religiösen Unterricht der ersten Schuljahre als mündliche Erzählung characterisirt, ist viel Wahres, aber eben so viel Falsches, wodurch der ganze Stand der Frage alterirt wird.

a) Wäre es auch wahr, daß die mündliche Ueberlieferung jedesmal der Schrift vorausgehe: so ist doch falsch, daß das mündliche Wort immer als Kunde einer Geschichte und nicht auch als Ueberlieferung von Lehrsätzen auftrete.

Wenn Gott auf Sinai den Dekalog unter Blitz und Donner promulgirt, hat er damit den Juden blos eine Geschichte erzählt? hat er nicht ganz bestimmte Lehrsätze ausgesprochen? Wenn die Propheten im Namen Gottes vor das Volk treten und ihm seine Sünden vorhalten, die göttlichen Strafgerichte verkünden und zur Bekehrung auffordern; — wer mag sagen, die Propheten hätten da blos eine Geschichte erzählt? Und wenn Gott selbst mit Adam, Kain, Noe, Abraham spricht, hat er ihnen da Geschichte erzählt? Christus erklärt seinen Jüngern die Gebote, namentlich in wiederholten Lehren das neue Gebot der Liebe, er predigt die Auferstehung der Todten, prophezeit sein Leiden; er setzt die Sacramente ein und unterrichtet die Apostel im Beten des Vater unsers und in allem, was sie allen Völkern der Welt später verkünden sollten: kann man alle diese Lehren, Gebote, Prophezeiungen und Anordnungen Christi u. s. w. bezeichnen „als mündliche Erzählung einer Geschichte"?

„Das Christenthum ist Geschichte", — das ist schnell gesagt, aber in dieser Allgemeinheit, als ob das Christenthum nur Geschichte wäre, keineswegs richtig.

Christus ist nicht blos eine historische Persönlichkeit, welche in der Weltgeschichte eine neue Ordnung der Dinge hervorgerufen hat; er ist wesentlich Lehrer der Menschen, ist dazu in die Welt gekommen; er hat auch seine Kirche mit göttlicher Lehrgewalt ausgestattet und ihr eine gewisse Summe von ganz bestimmten Wahrheiten zur Weltverkündung übergeben. Lehren und eine Geschichte erzählen ist doch nicht identisch. Erzählend kann man belehren, daraus folgt aber nicht, daß jedes Lehren Erzählung einer Geschichte sei, und daß es kein anderes Lehrmittel gebe als die Erzählung.

b) Auch das ist wahr, daß bei Kindern das Erzählen von Geschichten ein vortreffliches Unterrichtsmittel ist; daß aber die Er-

zählung das einzige sei, ist offenbar falsch; sonst müßten alle
Fächer: Lesen, Schreiben, Rechnen u. s. w. den Anfängern geschichtlich beigebracht werden. Der Anschauungsunterricht wird allgemein
für die erprobteste Methode gehalten, zumal für Kinder des ersten
Schuljahres: aber ist denn der Anschauungsunterricht eine Erzählung?
eine Geschichte? Ist das Lehrobject ein sinnlich-wahrnehmbares, z.
B. ein Natur- oder Kunstproduct, oder das Alphabet zum Zwecke
des Lesens und Schreibens, so bedarf es außer dem stummen Dar-
bieten zur Anschauung allerdings auch des Lehrwortes, das die Sache
benennt, auf ihre Eigenschaften aufmerksam macht und so einen Begriff erzeugt. Kann man etwa diese mündliche Belehrung eine Erzählung heißen und sagen: Der Lehrer hat jetzt dem Kinde eine
Geschichte erzählt?

Ist aber das Object etwas Geistiges, Vergangenes, Abwesen-
des und darum der sinnlichen Anschauung nicht vorstellbar: so muß
das Wort die Vorstellung erst erzeugen durch Erzählung, Be-
schreibung, Schilderung, Vergleichung mit bekannten
Dingen. Auch hier ist das Lehrwort nur dann Erzählung, wenn
es sich um eine Begebenheit der vergangenen Zeit, also um etwas
Geschehenes handelt; aber sinnlich nicht wahrnehmbare Wesen, Dinge
und Sachen kann man nicht erzählen, nur beschreiben, schildern, vergleichen.

Das Kind hört gerne erzählen, das ist wahr; und dieser Trieb
der kindlichen Natur ist ein Hauptorgan, durch welches das Kind
den Stoff für sein Denken, die Speise, an der es geistig zehren soll,
in sich zu saugen angewiesen ist. „Ist es aber dieser Trieb, sagt
Palmer, dem die mündliche Ueberlieferung entsprechen soll, so ist damit zugleich auch festgestellt, daß es Geschichte sein muß, oder
vielmehr Geschichten, was dem Kinde gegeben wird, nicht aber
die Lehre im engeren Sinne; und dies wiederum entspricht dem
Wesen des Christenthums selbst, das zu allererst Geschichte ist.“

Wahr ist, das Gehör ist bei Kindern, aber auch Erwachsenen ein Hauptorgan, aber nicht das einzige, wodurch das
Denken genährt und immer neuer Stoff zugeführt wird. Nicht blos
Kinder, sondern auch Erwachsene hören gerne erzählen, und große
Leute sind oft viel neugieriger als die kleinen. Daraus würde aber
folgen, daß die Erzählung überhaupt und für jedes Alter ein gutes
Lehrmittel ist, nicht blos für den ersten Unterricht der Kinder. Auch
die Schüler der oberen Klassen hören noch gerne erzählen; folgt
etwa daraus, daß man auch ihnen statt der Lehrsätze des Katechismus Geschichten erzählen soll?

Nicht blos durch Hören, auch durch Sehen wird die Neugierde des Kindes gestillt; durch Aug und Ohr und die ganze sinn-
liche Wahrnehmung geht die äußere Welt und all ihre Wahrheit

und Schönheit in die subjective Gedankenwelt ein. Auch in dieser Beziehung ist es Einseitigkeit, zu sagen: nicht Lehre, sondern Geschichte muß es sein, was dem Kinde in den ersten Jahren geboten wird. Noch weniger geht es an, diesen ersten Unterricht in der Religion einen „Geschichtscursus" zu heißen, wie Palmer thut; sonst müßte man auch den ersten Schreib-, Lese- und Rechen-Unterricht einen Geschichtscursus heißen. Denn es ist ja das nämliche neugierige Kind, und diese Neugierde erstreckt sich ja auf alles, auf das Sinnlich-Wahrnehmbare oft mehr als auf das Religiöse.

Es gibt eine theologische Secte in Frankreich, deren Anhänger „Traditionalisten" heißen, weil sie sagen: alle Gotteserkenntniß, also die ganze Religion, beruhe auf einer ersten Ansprache Gottes an die Menschen und diese Ansprache sei eben Tradition. In ähnlichem, wenn auch nicht in gleichem Sinne, sagen die Tübinger Katechetiker: die Selbstoffenbarung Gottes an die Menschen ist anbeginns eine Erzählung, eine Geschichte; der Katechet muß diese Geschichte seinen Schülern nacherzählen: folglich ist die Erzählung — narratio — der erste Gegenstand der Katechese.

Palmer gesteht selbst, „daß ja unläugbar Vieles, was doch auch schon dem kleinen Kinde gesagt werden muß, nicht historischer, sondern didaktischer Natur ist; z. B. daß Gott ist, was er ist; daß es ein ewiges Leben gibt u. dgl., das sind reine Lehrsätze" (144). Schon den Kindern der ersten Schuljahre muß man das Vater unser und die zehn Gebote einprägen, jenes, um gebetet, diese, um gehalten zu werden. Das sind wiederum Katechismusstücke, reine Lehrsätze und keine Geschichte: was sagen hiezu die (wenn ich so sagen darf) Narrationalisten? Nun ja, meint Palmer euphemistisch, hier werfe eben der Katechismus seinen Schatten weit voraus bis in den Geschichtscurs (87)?! Und dann, sagt er, auch jene Dogmen vom Dasein und den Eigenschaften Gottes, wenn sie auch didaktischer Natur sind, „worauf ruhen sie zuletzt anders als auf der Selbstoffenbarung Gottes d. h. auf Geschichte? auf geschichtlichem Thun und geschichtlichem Reden Gottes" (144)? Somit wäre jede Wahrheit, jeder Lehrsatz deßwegen, weil einmal ausgesprochen, schon geschichtlich. In diesem weitesten Sinne wäre aber der mündliche Unterricht in allen Wissensfächern geschichtlich: die Naturlehre, weil die Natur von Gott geschaffen ist; die Dogmatik und Moral, weil ihre Lehrsätze von Gott geoffenbart, von der Kirche festgestellt sind, und sonach auf geschichtlichem Thun und geschichtlichem Reden Gottes beruhen. Dieser Begriff des Geschichtlichen scheint aber doch in's Nebelgraue zu gehen.

Noch einen Grund führt Palmer an, warum solch reine Lehrsätze, wie sie im ersten Geschichtscurs vorgetragen werden müssen, doch geschichtlich heißen mögen: weil sie nämlich durch Geschichten klarer veranschaulicht werden können als durch den bestberechneten didaktischen Vortrag. Wohl, erzählet den Kindern von der Schöpfung der Welt, von der Sündfluth, von der Gesetzgebung auf Sinai — und es wird ihnen die Allmacht, die Gerechtigkeit und Heiligkeit Gottes klarer vor der Seele stehen, als wenn ihr blos definirt und analysirt. Ganz gut! Ist aber ein geometrischer Lehrsatz deßwegen schon geschichtlich, weil er durch ein concretes Beispiel aus dem Leben veranschaulicht wird?

So gibt es auch im ersten Religionsunterricht schon reine Lehrsätze, Dogmen, welche zwar durch Geschichte faßlicher gemacht werden können, aber nicht selbst Geschichte sind. Damit will gesagt sein, daß die Tradition Palmers nicht ein reiner Geschichtskurs sein könne, sondern daß auch in den ersten Schuljahren schon Dogma und Erzählung, Katechismus und Geschichte mit- und nebeneinander sich finden.

Zuletzt wird Palmer selbst gezwungen, dieses zuzugestehen. „So müssen wir immer wieder zur Erzählung, zur Geschichte zurückkehren — in die aber, wie bekannt, oft genug die Lehre selbst als geschichtlich gesprochenes Wort sich einflicht, und in deren Reihe wir mit der eigentlichen Bibelgeschichte auch die geschichtartigen Erzählungen, die Gleichnisse des Herrn aufzunehmen haben" (145). Auch Kraußold[1]) erkennt als die einzig wahre Basis der katechetischen Anordnung die „historische" an, fordert aber sogleich auf der ersten Stufe eine lebendige Durchdringung beider Momente, der Lehre und der Geschichte. Ebenso muß Hirscher zuletzt zugestehen, „daß zwar in den untern Elementarklassen die biblische Geschichte der eigentliche Unterrichtsgegenstand sei, daß aber doch zugleich ein propädeutischer Unterricht über manches ertheilt werden müsse, was die Kinder dieser Klassen von religiösen Dingen überall um sich sehen und hören, und was sie auch selbst aussprechen und mitmachen. Dahin gehört z. B. das apostolische Glaubensbekenntniß, das Gebet des Herrn, der Dekalog, das Kreuzzeichen, der Meßritus, die täglichen Gebete u. s. w. Siehe Broschüre „Zur Verständigung" pag. 4. Nun, andere Leute nennen das eben den Inhalt des kleinen Katechismus. —

Verfolgen wir Palmers Eintheilung noch weiter, so wird sich finden, daß sein Stufengang — Tradition, Schrift, Katechismus —, anstatt der kindlichen Natur conform zu sein, vielmehr mit derselben und mit den Grundsätzen einer gesunden Didaktik im offenen Widerspruche steht. Denn das ist gewiß, durch das mündliche Wort der Tradition, durch das schriftliche Wort der Bibel und den Katechismus wird uns in lehrhafter Art eine und die nämliche Offenbarung

---

[1]) Katechetik von Lorenz Kraußold. Erlangen 1843.

Gottes, aber in verschiedener Weise, man könnte sagen in drei con= centrischen Kreisen, mitgetheilt. Die Tradition umfaßt die ganze Offenbarung, alle Wahrheiten, welche Gott im alten Testament, Chri= stus und der hl. Geist im neuen Testament kund gegeben hat; die mündliche Ueberlieferung beschreibt also die größte Peripherie. Die Schrift dagegen enthält in gewisser Hinsicht auch ein Ganzes der göttl. Offenbarung; aber selbst der Protestant Palmer wird nicht sagen wollen, daß alles, was Gott im alten und neuen Testa= ment gesprochen, auch schriftlich sixirt worden sei. Darum ist der Lehrkreis von Wahrheiten in der Schrift enger gezogen als in der Tradition und am allerengsten im Katechismus, welcher die Offen= barungen Gottes in Schrift und Tradition nur ganz summarisch darstellt. Es scheint nun ganz der verkehrte Weg zu sein, besonders beim Unterricht der Anfänger, vom Größten und Umfangreichsten (Tradition) anzufangen und dann zum Kleinern, zum kurzgefaßten Auszug fortzuschreiten. Wäre es nicht höchst unmethodisch, bei den Kleinen Weltgeschichte zu treiben und in späteren Schuljahren mit den gereifteren Kindern die Geschichte des engeren Vaterlandes ein= zulernen, um zuletzt mit der Heimat zu schließen? Nun gerade so will Palmer es machen: bei den Kleinen mit der allumfassenden Tradition beginnen und bei den Großen mit dem kleinen Katechismus aufhören.

Palmer wird freilich entgegnen: Hier sei die Tradition in römischem Sinne aufgefaßt, wogegen er protestire. Mit Tradition und Schrift wolle er nur so viel sagen: Gott habe seine Offenbar= ung zuerst mündlich, dann schriftlich gegeben und ebenso müsse die= selbe den Kindern katechetisch vermittelt werden, zuerst mündlich, dann schriftlich. Wohl, aber selbst in diesem Sinne bleibt es noch unmethodisch, vom Großen zum Kleinen fortzuschreiten und den jüngeren Schülern das große Buch der Schrift, den gereifteren aber den Auszug davon, den Katechismus, in die Hand zu geben.

Aber wer merkt nicht, daß Palmer das Was und das Wie der göttlichen Offenbarung und folglich auch das Was und das Wie des katechetischen Unterrichtes verwechselt und eines für das andere substituirt?

Was soll auf jeder Unterrichtsstufe gelehrt werden? Das ist die erste Frage. Darauf antwortet Palmer: die göttliche Offen= barung, wie sie mündlich und geschichtlich der Menschheit kund ge= worden ist, soll auf der ersten Stufe mündlich und geschichtlich ge= lehrt werden; darum heißt diese Stufe der Geschichtscurs, in welchem das Geschichtliche als solches rein objectiv dem Kinde ein= geprägt und lebendig angeeignet werden muß. (143).

Was soll auf der zweiten Stufe, im Bibelcurs, katechisirt werden? Antwort: die nämliche göttliche Offenbarung, wie sie in der hl. Schrift niedergelegt ist. Nun ist aber in der hl. Schrift gar nichts anderes enthalten, als was Gott zuerst mündlich geoffenbaret hat. Namentlich für den Protestanten decken sich inhaltlich die mündliche und schriftliche Offenbarung Gottes vollständig. Beide sind der Sache nach identisch.

Ist nun der Inhalt der mündlichen Offenbarung, der Tradition, wesentlich Geschichte, welche deßhalb im ersten Geschichtscurs erzählt werden muß; dann kann auch der Inhalt der hl. Schrift, weil mit dem Inhalt der Tradition identisch, nur Geschichte sein, welche ebenfalls den Schülern des zweiten, des Bibelcurses, vorzuerzählen ist. Der Unterschied wäre also nur: dort ist's mündliche Erzählung für das Ohr, hier gedruckte Erzählung für das Auge. Und wie verhält sich hiezu der Katechismus? Ist Tradition und Schrift nur Geschichte, dann wird wohl auch der Katechismus, als Auszug von beiden, Geschichte sein. Die ganze Gliederung Palmers läuft dann darauf hinaus:

mündliche Erzählung zum Hören (Tradition);
schriftliche Erzählung des nämlichen zum Lesen (Schrift);
schriftliche Erzählung im Auszuge (Katechismus).
Somit hätte der Katechet einen dreifachen Geschichtscurs durchzumachen, und eine klare Ausgliederung des Lehrstoffes für die Einzelnen ist damit nicht gegeben. Denn Erzählung bleibt Erzählung, Geschichte bleibt Geschichte, ob man sie hört oder liest.

Dieses wird erst recht augenfällig, wenn Palmer daran geht, mit seiner Theorie Ernst zu machen und zu bestimmen, welche und wie viele Geschichten im Geschichtscurs memorirt werden müssen, da es absolut unthunlich ist, die Kleinen mit dem ganzen weiten Geschichtsstoff des alten und neuen Testamentes zu behelligen. Er kann nicht anders, er muß mit einem „Auszug" der biblischen Geschichte beginnen. Da ist nun große Noth und großer Streit über das Princip, nach welchem die den Kindern mündlich mitzutheilenden Geschichten ausgewählt werden sollen.

Nach Palmers Eintheilung und Abstufung wäre den Kindern der ersten zwei Schuljahre die ganze Geschichte der Offenbarung, soweit sie von Gott mündlich kundgegeben worden ist, auch mündlich zu erzählen; wenn er nun, sobald es zur Praxis kommt, gestehen muß: Ja, die kleine Welt der Kinder kann die ganze Geschichte, die ganze Tradition, nicht fassen; so folgt, daß seine Stoffvertheilung für die einzelnen Curse nicht durchführbar ist, also keinen Werth hat.

Die Narrationalisten streiten sich vor allem darum, ob zuerst die Geschichten des alten und dann des neuen Testamentes erzählt werden sollen, oder umgekehrt. Palmer hält es mit vielen andern als methodisch richtiger, mit dem neuen Testament anzufan-

9*

gen[1]). Allerdings in der Geschichte des Reiches Gottes geht das alte dem neuen Testamente voran, und dieses ist nur der schöne Nachsatz zu jenem als Vordersatz; auch ist richtig, daß bei Ent= stehung eines Gebäudes zuerst das Fundament gebaut und nicht etwa zuletzt unter das Gebäude geschoben wird. Gleichwohl, sagt Palmer, haben wir es hier mit Kindern zu thun, und diese werden naturgemäß eher das Haus, das Wohnzimmer, den Hausflur kennen lernen, ehe man ihnen das Kellergewölbe und die Grundmauern zeigt. Auch der Baum könnte nicht existiren ohne seine Wurzeln; allein das Kind wird doch zuerst die Krone mit Blüthen und Früchten kennen lernen und sich daran erfreuen, ehe es für die Wurzeln In= teresse zeigt. Was an sich das Erste ist, das ist für die menschliche Erkenntniß erst ein Zweites, ja oft ein Letztes. Insofern kann recht gut das neue Testament vor dem alten dem Kinde erzählt werden.

Dagegen meint Kehr in seiner Praxis der Volksschulkunde, die kindlichen Erzählungen des alten Testamentes seien den Kindern meist angenehmer als die tiefsinnigen Geschichten des neuen Testa= mentes, und überhaupt stehe die Geschichte der Patriarchen dem Kindes= Alter näher, als die Geschichte Jesu, aus dessen Jugend ja nur der Tempelbesuch überliefert sei: darum solle den Kindern zuerst das alte, dann erst das neue Testament erzählt werden. Hierauf erwidert Palmer: das Leben der Patriarchen ist dem Kinde minde= stens eben so fern und fremd, als das Leben Jesu; es ist eine an= dere Welt als die moderne, europäische. Aber so viel ist gewiß: Christus ist dem Christen immer näher und geistesverwandter als das veraltete Judenthum; lange bevor das Kind zur Schule kommt, verlebt es Weihnachten, Charfreitag, Ostern und hört im christlichen Hause, was diese Feste bedeuten; es wird zur Kirche mitgenommen, und hört von Jesus und den Aposteln; die Mutter betet mit ihm zum himmlischen Vater und zum Heiland; also: weil es in einer Christengemeinde, in einem Christenhause geboren ist und lebt, ist ihm das neue Testament schon viel näher getreten als das alte; daher habe der erste Unterricht der Kinder mit dem neuen Testament zu beginnen, das alte aber später zu folgen (158). Wir haben oben ganz anders aus diesen Prämissen geschlossen: also sei über=

---

[1]) Palmer sagt, zuerst komme die mündliche, dann erst die schriftliche Offenbarung Gottes, und diesen Gang müsse auch der Katechet einhalten. Gegen diesen Grundsatz scheint hier Palmer selbst zu verstoßen, wenn er die Erzählung mit dem neuen Testament beginnt, da um diesen Zeitpunkt die ganze Offenbarung des alten Testamentes schon schriftlich vorlag und jetzt erst die mündliche Offenbarung des neuen Testamentes anfing. Wenn von der göttlichen Offenbarung als einem Ganzen die Rede ist, kann man gar nicht sagen, daß die mündliche der schriftlichen vorausging. Als Moses seinen Pentateuch geschrieben hatte, ist die mündliche Offenbarung Gottes nicht ver= stummt; sie dauerte fort nach den Schriften Mosis und während die Propheten schrieben.

haupts mit der biblischen Geschichte als solcher nicht anzufangen, sondern mit der Geschichte der Kirche, wiefern sie die erste geistige Heimat des Kindes in der Taufe geworden ist. Beim Taufstein fängt die Geschichte des Christenkindes an, und die Kirche als seine Mutter ist ihm die erste geschichtliche Person. Der Festkreis der Kirche ist, wie Palmer ganz richtig bemerkt, die erste geschichtliche Zeitbewegung, womit das Kind bekannt wird. Da also muß auch der erste Geschichtsunterricht principiell einsetzen; die Kirche selber gibt hiefür Programm und Methode und überhebt uns der Mühe, lange zu untersuchen, wo man anfangen und aufhören und welche Geschichten man erzählen müsse.

Es gibt nämlich keine Taufe außer im Namen des Vaters, des Sohnes und des heiligen Geistes; es gibt keine Taufe und keine Aufnahme in das große geschichtliche Leben der Kirche außer auf Grund des apostolischen Symbolums, in welchem die göttlichen Groß= thaten der Schöpfung, der Erlösung durch Christus und der Heilig= ung durch den hl. Geist und durch die Kirche in großen Zügen ge= zeichnet sind. Das Symbolum ist der Urtypus des Katechismus, der Urtypus auch der Religionsgeschichte für das Kindesalter; und dies um so mehr, weil der Geschichtsinhalt des Symbolums im Fest= kreise des Kirchenjahres lebendig und alljährlich vor den Augen der Kinder sich abspielt.

Mit Anfang des Kirchenjahres beginnt der erste Glaubens= Artikel von Gott Vater, dem Schöpfer Himmels und der Erde; da= mit verbindet der Katechet während der vier Adventwochen die Er= zählung vom Anfang der Welt, von der Schöpfung, von Adam und Eva, vom Sündenfalle (Mariä Empfängniß ohne Erbsünde 8. Dez.), von der Verheißung und Hoffnung des Erlösers. Mit Weihnachten und Neujahr kommt der zweite und dritte Glaubensartikel von Jesus Christus, dem eingebornen Sohn Gottes, von seiner Empfängniß, Geburt, Beschneidung, von der Anbetung der hl. Dreikönige 2c.

Mit der Fastenzeit beginnt der vierte Glaubensartikel vom Leiden und Sterben Jesu Christi, von seiner Begräbniß. An Ostern, Himmelfahrt, Pfingsten schließt sich der 5., 6., 7., 8. Glaubens= Artikel an mit der Geschichte von der Auferstehung, Auffahrt Christi und Sendung des hl. Geistes. Das Fest der allerheiligsten Drei= faltigkeit gibt Anlaß, das Bisherige sammt den Großthaten der drei göttlichen Personen zu recapituliren. Das Fronleichnamsfest und seine triumphreiche Procession, Christum in der Mitte, stellt die katho= lische Kirche als Gemeinschaft der Heiligen vor, wie sie betend und singend in's ewige Leben einzieht. (Allerheiligen, Allerseelen, — letzter Sonntag: das Weltgericht.)

Damit sind alle biblischen Geschichten namhaft gemacht, welche nach Angabe der bewährtesten Katecheten den Anfängern erzählt wer=

ben follen: die Taufe und das Taufſymbolum iſt hie=
für das maßgebende Princip. Wird Mey gefragt, warum
er gerade dieſe Geſchichten und in dieſer Ordnung katechetiſch behan=
delt, ſo weiß er hiefür keinen andern Grund anzugeben, als ſeine
langjährige Erfahrung als Katechet, welche ihm verbiete, andere
und mehr bibliſche Geſchichten vorzunehmen. Sich auf die eigene
Erfahrung als maßgebend berufen, das iſt gewiß eine ſehr ſubjective
Begründung.

Hirſcher ſagt, der katechetiſche Unterricht ſolle geſchichtlich ſein;
aber die einzelnen Erzählungen dürften nicht in ihrem Nacheinander,
wie ſie in der Bibel ſtehen, gegeben, ſondern müßten ſyſtematiſirt
werden. Ein ſolches Syſtem, wie Hirſcher es für die drei erſten
Schuljahre ſich dachte, war nicht erſt zu ſuchen; im Symbolum war
es auctoritativ längſt gegeben. Allein Hirſcher und ſeine Schule
erkennen in dieſem Symbolum nur eine Formel, nur Rubriken für
abſtracte Lehrſätze, ſtatt ſich einzugeſtehen, daß daſſelbe nicht blos
Fundament des Katechismus, ſondern auch des bibliſchen Geſchichts=
Unterrichtes und in beiden Beziehungen unumgehbar ſei.

Nach vielen geiſtreichen Ausſchweifungen in terra longinqua
kommt endlich die Einſicht, daß die einfachen Seelen mit ihrem Credo,
die Taglöhner im Hauſe der Mutterkirche, Ueberfluß haben, und daß,
was in Katechetik und Katechismus des Weiten und Breiten, des
Hohen und Tiefen darzulegen verſucht worden iſt, eigentlich doch im
Symbolum vollſtändig enthalten ſei; weßhalb daſſelbe, anſtatt am
Anfange, wie ſich's gehörte, am Schluſſe des Katechismus nachträg=
lich ſeinen Platz angewieſen erhält.

Palmer führt eine gute Zahl bibliſcher Geſchichten des neuen
und alten Teſtamentes als Lernſtoff der unterſten Stufe vor; aber
ein einheitliches Princip hiefür weiß er nicht anzugeben, wiewohl er
demſelben ſo nahe auf der Spur geweſen, als er den Feſtkreis des
Kirchenjahres als erſtes geſchichtliches Wiſſen des Kindes bezeichnete.

## 2. Schrift.

„Die mündliche Geſchichtserzählung dauert, ſagt Palmer, auf
dieſer Stufe in höherer Potenz fort" (87). Im Bibelcurs handelt
es ſich um Leſen, Auslegen und Memoriren der Schrift;
in dieſer dreifachen Beziehung muß alſo das geſchichtliche Moment
hervortreten.

Bibelleſen. Das Kind darf die Schrift mit gar keinem
andern Wiſſen davon zur Hand bekommen, als daß ſie Gottes Wort
ſei; dieſes Wiſſen aber erhält es von dem Lehrer, alſo durch Ueber=
lieferung. Inſoferne beruht die ganze Bibel auf der mündlichen Er=
zählung des Lehrers; das iſt ihr geſchichtlicher Grund. Später erſt
— (wann? iſt nicht geſagt) — tritt das testimonium spiritus sancti
als innerer Beweis für die Göttlichkeit der Schrift ein (180).

Was den Inhalt der Schrift betrifft, so ist Geschichte seine Grundlage und seine Eintheilung (Zeitunterschied des alten und neuen Testamentes; Zeit des Gesetzes — Zeit des Evangeliums). „Auf dieser geschichtlichen Basis beruhen hernach die zwei Seiten der alttestamentlichen Religion: Gesetz und Prophezie. Diese drei nun: Geschichte, Gesetz und Prophezie sind keineswegs von einander geschieden, vielmehr, weil sie die wesentlichen Elemente des alttestamentlichen Lebens sind, so sind auch, genau betrachtet, überall alle drei beisammen. Das ganze alte Testament, auch die didaktischen Bestandtheile desselben haben geschichtliche Beziehungen und sind mehr oder weniger mit Geschichte durchflochten" (199).

Aus diesen Worten Palmers wird jedermann folgern: Wenn in der Bibel das Geschichtliche und Didaktische nebeneinander und ineinander vorliegt, dann soll auch der Katechet, was Gott verbunden hat nicht trennen; er darf und kann nicht eintheilen in Geschichte ohne bestimmte Lehrsätze, und in Katechismus als Inbegriff abstracter Lehren und Gebote. Hie Geschichte im Geschichtscursus — hie Katechismus im dogmatischen Curs! Das Lesen der Bibel straft solche Eintheilung Lüge.

Bibelauslegung. Wie das Christenthum, wo es unter einem Volke durchdrang, zwar in die Sprache des Volkes sich fügte, aber den Wörtern einen ganz neuen Inhalt gab: so redet die deutsche Bibel wohl deutsch, auch ihre Ausdrücke haben für das Kind zwar einen bekannten Laut, aber der Sinn desselben ist der Kindes= Sprache noch fremd. Die mangelhafte Sprach=, Local= und Geschichts= Kenntniß bezüglich des biblischen Inhaltes machen die heil. Schrift für Kinder und auch für viele Erwachsene zu einem verschlossenen Buche. Das nun ist Zweck biblischer Katechese: die Kinder sollen lernen, die Schrift mit Verstand zu lesen.

Dieser Zweig katechetischer Lehrthätigkeit ist neu: die Altpro= testanten vor Spener haben in ihren Schulen nur den Katechismus gehabt; die Bibel als solche wurde nicht als Lehrgegenstand behandelt.

Palmer hält eine ausführliche Katechese über die ganze Bibel während der Schulzeit weder für möglich noch für zweckmäßig; empfiehlt vielmehr für die unteren Klassen Auslegung der memorir= ten Bibelsprüche, für die höheren aber Vornahme einzelner Parthien des alten und neuen Testamentes. „Für den Religionsunterricht in der Schule, wie ihn in Württemberg der Geistliche in zwei bis drei wöchentlichen Stunden gibt, hat sich uns diese katechetische Bibelaus= legung als das Geeignetste erwiesen, während die systematische d. h. der Unterricht im Katechismus für die Kinderlehre in der Kirche be= stimmt bleibt" [1] 228).

---

[1] Auf diese Weise hat in Württemberg die biblische Geschichte den Ka= techismus aus der Schule hinaus und in die 4 Kirchenmauern zurückgedrängt. Eine gelungene Rückwärtsconcentration! —

Kähler nennt in seiner „katechetischen Baukunst" dieses vollständige Durchnehmen eines biblischen Buches die historische Methode im Gegensatz zur systematischen des Katechismus. Er sagt in dieser Beziehung: „Warum nicht ein Evangelium oder eine Epistel nehmen und einen Lehrcursus daraus machen? Man besorge nicht, daß auf diese Weise der Cursus lückenhaft werden möchte; denn irgendwo ist in einer biblischen Epistel für jede Lehre Raum, und meinen Sie nicht, in einer einzigen Epistel stehe alles, was einem Menschen zu seiner Seligkeit zu wissen nothwendig ist? Was wollen Sie aber mehr, als dies den Kindern hinreichen?" Demzufolge würden im dogmatischen Unterricht des Katechismus zuerst Lehrsätze aufgestellt und dann durch biblische Texte oder Geschichten beleuchtet, während bei dieser historischen Methode der Bibeltext vorausgesetzt wird, um daraus bestimmte Lehrsätze abzuleiten. Der Bibeltert selbst muß hier als Geschichte gelten. Fast möchte man meinen, diese vielberufene historische Methode sei jenes himmelweite Leintuch mit den vier Zipfeln, das, wie St. Petrus bezeugt, Raum genug bot für Krethi und Plethi, auch alles Mögliche, reine und unreine Thiere, aufzunehmen hinreichend groß war. Alles, wofür diese Katecheiker keinen Namen wissen, nennen sie „geschichtlich."

Memoriren. Als der Herr den Versucher mit Schrift=Worten schlug, da hat er nicht erst in einem gedruckten Canon geblättert, um die rechten Worte zu finden, sie waren ihm präsent; diese Gegenwärtigkeit aber darf nicht dem zufälligen Haften der Worte vom Lesen und Auslegen her überlassen bleiben, sie bedarf einer speziellen angestrengten Thätigkeit; diese aber ist das Memoriren. Denn im Leben kann das Buch der Schrift nicht auf allen Schritten und Tritten unter dem Arme mitgeführt werden; ihr Inhalt soll aber stets gegenwärtig sein, um das Leben heiligen zu können (182.) Weil nun die ganze Bibel unmöglich auswendig gelernt werden kann, zumal von Schulkindern, darum ist ein Spruchbuch erforderlich, in welchem die schönsten und ewig denkwürdigen Stellen aus der Bibel ausgehoben sind. Diese Sprüche (Monat= und Wochensprüche) sollen lehren: 1. recht glauben; 2. fromm leben; 3. geduldig leiden; 4. getrost sterben. Hiezu kommen Bibelsprüche auf jedes Fest des Kirchenjahres. Nach der historischen Methode könnte man diese Ordnungen von Sprüchen die geschichtlichen nennen, während die eigentlichen Katechismussprüche, zur Begründung und Beleuchtung bestimmter Lehrsätze, die dogmatischen Sprüche genannt werden müßten.

### 3. Katechismus.

„Auf der ersten Stufe der Tradition, sagt Palmer, ist das Kind ganz an die Autorität des Lehrers gebunden; was dieser ihm erzählt, das muß es hinnehmen auf Treue und Glauben. Auf der zweiten Stufe wird es zur Schrift geführt, um allmählig durch sie geistig frei zu werden, um sich unmittelbar aus der Quelle aller göttlichen Offenbarung zu nähren, und alle weitere katechetische Thätigkeit hat nur darauf hinzuwirken, daß dieses Freiwerden d. h. dieses Selbstbegründetsein in der Schrift zu Stande komme; daß das Kind heimisch in ihr werde und so für sein ganzes Glaubensleben die rechte ihm selbst klar bewußte Grundlage habe" (180). Die Schrift ist also das non plus ultra, und durch die historischen Methoden wird bei jedem einzelnen Buche der Bibel dem Kinde alles geboten, was es für sein Seelenheil zu wissen nöthig hat. Es scheint daher ganz überflüssig und ungerechtfertigt zu sein, auf den Bibelcurs noch einen dogmatischen folgen zu lassen. Viele protestantische Theologen verwerfen deßhalb jede weitere über das Bibelwort hinausgehende Vermittlung des religiösen Wissens. Das biblische Spruchbuch ist ihnen eben der Katechismus [1]).

Palmer weiß hingegen nichts Treffendes vorzubringen, um so weniger, da in seinem Bibelcurs aus dem Spruchbuche alles für's Leben Nothwendige bereits memorirt worden ist. Was soll da ein über die Bibel hinausgehender Katechismus für einen Protestanten noch bieten können?

Wohl sagt er: „die mündliche Geschichtserzählung soll auf der dritten Stufe im dogmatischen Curs in eine auch die Kirchengeschichte umfassende Gesammtdarstellung der Geschichte des Reiches Gottes übergehen" (87). Aber weder seine katechetische Erklärung zu Luthers Katechismus (Seite 308—534) noch dieser selbst kommen auf dieses geschichtliche Moment zu sprechen.

Palmer sucht ferner die Nothwendigkeit eines Katechismus für die bereits in das Heiligthum der Schrift Eingeweihten und darin heimisch gewordenen auch dadurch zu begründen, daß die Kirche selbst über das bloße, wenn auch noch so streng geforderte Festhalten an der Schrift hinausgetrieben worden ist, zu der Aufstellung eines Symbolums als bestimmten Zeugnisses, wie sie die Schrift verstehe, welche Lehren, welche Grundsätze sie gemäß der Schrift für die wahrhaft christlichen erkenne und bekenne. Ebenso nun bedürfen auch die Kinder, um ihres Glaubens sich klar bewußt und seiner gleichsam habhaft zu sein, bestimmt formulirter Artikel, wenn ihr christlicher Glaube sowohl als christlicher überhaupt, wie in der nähern kirchlichen Gestaltung nicht minder der Gemeinde als für sie selber erkennbar sein soll. Dieser Kirchenglaube, in sich ein objectiv Ganzes, in sich zusammenhängend und vollständig, ist im Katechismus als ein der Jugend angemessenes Bekenntniß des Glaubens nach seinen wesentlichen, kirchlich feststehenden Artikeln formulirt (262).

---

[1]) Vergleiche Schröter's Bibelglaube in Bibelwort (Berlin 1847) und Beck's Leitfaden der christlichen Glaubenslehre für Kirche, Schule und Haus (Stuttgart 1869).

Aber ist denn nicht die Schrift und der Schriftglaube die tessera und das Symbol, woran alle Protestanten, jung und alt, gegenseitig als christlich Gläubige sich erkennen und jeder einzelne durch das testimonium spiritus sancti seines wahren Glaubens sicher ist? Wozu noch ein kirchliches Symbol? wozu noch ein Katechismus, der ja doch blos für die Jugend bestimmt wäre? Und hat denn die Kirche nicht schon im Geschichtscurs und noch mehr durch die historische Methode des Bibelcurses hinreichend i h r e n Glauben ge-lehrt, und wie sie die Schrift verstanden wissen wolle? Eine Syste-matisirung ihrer Lehren scheint nur Bedürfniß der theologischen Wissen-schaft, nicht aber der Kinder zu sein. Wie stolz hat Palmer ge-sprochen von dem protestantischen Katecheten, dem es vergönnt ist, seine Zöglinge einzuführen in das Heiligthum der Schrift, damit sie nun darin b l e i b e n und s e l b s t s t ä n d i g mit voller Freiheit sich Weisheit, Rath und Trost holen mögen; daß der Katechet vor dem Worte Gottes zurücktreten darf, damit dieses unmittelbar zu dem Kinde spreche, während der katholische Katechet fortwährend zwischen dem Kinde und dem Worte Gottes gleichsam in der Mitte stehen bleibt (180). Und jetzt, nachdem der Bibelcurs vollendet, das Spruch-buch memorirt ist, drängt sich auch der protestantische Katechet wieder vor und stellt sich mit seinem „Katechismus" zwischen das Kind und das Wort Gottes!

Betrachten wir den lutherischen Katechismus nach seinem In-halt — Dekalog — Symbolum — Vater unser — Taufe und Abendmahl, — so ist daraus durchweg nicht ersichtlich, warum auf den Geschichts- und Bibelkurs noch ein dogmatischer folgen müsse. Denn der Dekalog und das Vater unser sind ja schon geschichtlich und biblisch durchkatechisirt und memorirt worden; an den 7 Bitten hat die Kirche durchaus nichts zu systematisiren, weßhalb gar nicht abzusehen ist, was bezüglich dieser zwei Hauptstücke der Katechismus-Curs noch Neues beizubringen vermöchte. Die Taufe und das Abend-mahl, man mag die Geschichte ihrer Einsetzung oder die herrlichen, in der Bibel darüber enthaltenen Stellen betrachten, müssen jedenfalls in der katechetischen Erzählung und in der Bibelauslegung sowie im Spruchbuche durchgearbeitet worden sein; die Kirche hat diesen bei-den Sacramenten nichts hinzugesetzt; auch nichts daran formulirt oder systematisirt. Was sollte also der Katechismus in dieser Bezieh-ung noch für einen Zweck haben; er erscheint überflüßig.

Es bleibt sonach vom ganzen Katechismus nur das Symbolum übrig, und wirklich ist durch obige Auseinandersetzungen Palmers über Glaubenserkenntniß und Bekenntniß, dann über Kirchenglaube und systematische Zusammenfassung desselben, nichts anderes als die Nothwendigkeit eines Glaubenssymbolums, nicht aber des Dekalogs, des Vaterunsers 2c. begründet.

Hirscher hat das apostolische Symbolum am Schluße seines Katechismus gleichsam als Recapitulation und kirchliche Artikulation alles dessen, was er bisher geschichtlich und biblisch entwickelt hatte, angefügt. Die gleiche Stellung hat dieses Symbolum auch bei Palmer: es ist als kirchliches Bekenntniß das Endziel der ganzen katechetischen Thätigkeit, während das Verständniß desselben bereits durch Darlegung seiner geschichtlichen, biblischen und lehrhaften Momente im Geschichts= und Bibelcurs vermittelt wurde. Ein neuer Katechismuscurs ist höchst überflüssig, und jedenfalls würde dieser Katechismus nur Ein Hauptstück, das vom Glauben und Bekennt= niß der Kirche haben.

Palmer nun gesteht selber, daß das Bekenntniß der Kirche der Lehrstoff der g a n z e n Katechese sei, der geschichtlichen und bib= lischen Katechese ¹), also eben das, was man gewöhnlich Katechismus nennt; wozu dann noch einen Katechismus über den Katechismus?

Vergleichen wir zum Schluße Palmers Geschichtscurs mit der narratio des heil. Augustin, so finden wir den großen Unterschied, daß der letztere die Geschichte Christi und der Kirche in großen Conturen entwirft und zwar in einem einzigen ziemlich langen Vor= trag mit dem ausdrücklichen Bemerken, daß dieser Vortrag nach Um= ständen kürzer, nie aber l ä n g e r sein dürfe. Das Endziel des= selben ist, daß der noch heidnische Zuhörer, wenn er sich dazu bereit findet, durch das Kreuzzeichen zum Katechumenen erst gemacht wird.

Palmer dagegen hat getaufte Kinder im Auge, welche nicht etwa mit einem einzigen Vortrage, sondern in einem zweijährigen Cursus über die biblische, nicht aber über Kirchengeschichte unterrichtet werden. Die Geschichten selber sind nur beliebige Fragmente, aus dem alten und neuen Testament entnommen. Erst wenn die ganze heilige Schrift dem Kinde zum täglichen und regelmäßigen Gebrauche erschlossen ist, kann die über die Grenzen der Schrift hinausliegende G e s c h i c h t e d e r K i r c h e zur Sprache kommen (171). Also nach dem Bibelcurs nochmal ein Geschichtscurs!

Auch während der drei bis vier Jahre, in welchen die Schrift gelesen, erklärt und memorirt wird, läuft die Geschichtserzählung neben fort. Beim Eintritt in den Bibelcurs „wird es nöthig sein,

---

¹) Palmer schreibt: „Soll die Katechese ein Bekenntniß erzielen, das eins ist mit dem Bekenntnisse der Kirche, so kann auch n i c h t s a n d e r e s der Inhalt alles Unterrichtens sein, als was Bekenntniß der Kirche ist, also nicht Theologie oder Scholastik, sondern nur derjenige substanzielle Glaubensinhalt, der im Bekenntniß sich als „einziger Trost im Leben und Sterben" und als das im Glaubensgehorsam angenommene Lebensgesetz aus= spricht" (76). Also das Bekenntniß der Kirche, welches doch offenbar bestimmte Glaubenswahrheiten enthalten muß, ist Inhalt alles Unterrichtens, auch im Geschichtscurs, auch im biblischen Curs. Daher auch diese beiden Curse den Katechismus nicht aus=, sondern einschließen!

die wichtigsten Erzählungen der Apostelgeschichte (außer den schon in den ersten Curs gehörigen Geschichten der Himmelfahrt und der Aus= gießung des heil. Geistes) allmälig nachzutragen, was aber zuerst immer nur mündlich geschehen kann, da die Stunden des Bibellesens noch ganz der evangelischen Geschichte gewidmet sein müssen. Denn jetzt gilt es, die Geschichten auch nach ihren speziellen Zügen in ex= tenso d. h. eben wie das Schriftoriginal sie gibt, kennen zu lernen" (161). Die Lesung des neuen Testamentes nimmt 3—4 Jahre in Anspruch; unterdeß „bleibt die alttestamentliche Geschichte noch der mündlichen Ueberlieferung anheimgegeben, die in jedem Jahre von vorn anzufangen hat, aber jedesmal wieder, weil die früheren Curse vorausgesetzt werden dürfen, den Stoff reicher und in strengerem Zu= sammenhange in sich selbst und mit dem neuen Testamente mittheilen müßte, so daß bis zum Beginn des letzten, eigentlich dogmatischen Cursus, selbst wenn das alte Testament noch nicht im Original ge= lesen ist, doch eine vollständige Geschichte des Reiches Gottes gegeben ist" (162). Ein biblisch=geschichtliches Lesebuch könnte den Kindern zur Privatlectüre und Repetition des vom Lehrer frei erzählten Ge= schichtsstoffes dienen (163). Ebenso sollten die Schüler einen Leit= faden oder doch Dictate zur Hand bekommen, um daran die münd= lich vorgetragene Kirchengeschichte wiederholen zu können (175).

Zum Bibellesen kommt anhangsweise noch das Aufschlagen= Lernen und die Einleitung in die einzelnen Theile und Bücher der Schrift (195). Kann es da überhaupt noch Zeit für einen Kate= chismus geben?

Wenn die schwäbischen Knaben und Mädchen von 7—14 Jahren ihre Bibel zur Schule tragen und all diese Geschichten hören, lesen, memoriren, aufsagen und zuletzt die 6 Hauptstücke des Katechismus lernen müssen, dann sind weder sie noch ihre Katecheten zu beneiden. Wie aber Palmers Katechetik mit ihren exorbitanten Ueberforderungen an Lehrer und Kinder in protestantischen Kreisen solchen Anklang finden konnte, läßt sich vielleicht nur aus den Gehässigkeiten dieses Buches gegen die katholische Kirche oder daraus erklären, daß den protestantischen Katecheten über der geschichtlichen Methode jeder Maß= stab für das, was von Kindern erreicht werden kann und soll, ab= handen gekommen ist.

## Bezschwitz.

Die Rationalisten des vorigen Jahrhunderts, welche mit ihrer sokratischen Methode den ganzen Katechismus in Vernunft auflösten; dann die Narrationalisten, welchen bei ihrer historischen Methode der ganze Katechismus in Geschichte aufging, haben solch bodenlose Ver= wirrung in die katechetische Frage gebracht, daß es wie erquickende Frühlingsluft einen anmuthet, wenn Bezschwitz in seinem „System der christlich=kirchlichen Katechetik" wieder festen Boden zu gewinnen sucht, indem er, an die Katechumenatspraxis der ersten christlichen Jahrhunderte anknüpfend, den geschichtlichen Nachweis versucht, was denn der Katechismus eigentlich gewesen sei und wie die Kirche von jeher katechisirt habe. Wie Kleutgen eine Philosophie und Theologie der Vorzeit geschrieben hat, um den durch die moderne Wissenschaft zerschnittenen und verlornen Faden wieder aufzufinden und anzuknüpfen, in ähnlicher Weise hat Zezschwitz einen Katechismus der Vorzeit bearbeitet. Als Protestant geboren und erzogen, zur Zeit Theologieprofessor und Universitätsprediger in Erlangen, hat er im Geiste Löhe's redlich getrachtet, auch den Leistungen der katholischen Kirche auf katechetischem Gebiete gerecht zu werden, wobei ihm freilich gar oft passirt, daß er die Welt mit Luther's Brille schaut[1]).

Hier kommt sein katechetisches Kapitalwerk von mehr als 2100 Seiten (1863—1874) nur in sofern in Betracht, als darin von der narratio des hl. Augustin und von der geschichtlichen Methode gehandelt ist.

Der erste Band enthält die Geschichte des Katechumenats;

der zweite Band enthält die Lehre vom kirchlichen Unterricht und zwar

1. Abtheilung vom kirchlichen Unterrichtsstoff (Katechismus);
2. Abtheilung von der kirchlichen Unterrichtsmethode.

Bezüglich der Methode unterscheidet Zezschwitz zwei Haupt=Formen des altkirchlichen Katechumenen=Unterrichtes: „es gab nämlich einen fortlaufenden Unterricht aus einer Reihe von Katechesen bestehend, die unter sich zusammenhängend, als Ganzes den Stoff methodisch umfaßten (Cyrillus); dann kommen Einzelvorträge vor, die für sich ein abgeschlossenes Ganzes bilden, theils lehrhafter Art, wo das ganze Taufsymbol in einem einzigen Lehrvortrage abgehandelt wurde (Ambrosius), theils überwiegend historischen Inhalts, jene Grundform, die wir durch Augustins Vorbild vertreten finden, zu dem Zwecke, die rudes, d. h. solche, die sich eben erst zum Uebertritte zur christlichen Kirche meldeten, übersichtlich über den ganzen Heilsplan Gottes zu orientiren, von dem sie später als competentes eingehenden Unterricht erhalten sollten . . . . Augustin ist der Vertreter der Grundlegung mit Geschichte oder narratio." Ja das ist der ganz prägnante Ausdruck für das, was wir oben in dem Buche de catechiz. rudibus gefunden haben: narratio ist die **Grundlegung mit Geschichte** für den ganzen darauf sich erbauenden katechetischen Unterricht.

---

[1]) Zezschwitz schreibt eigentlich die Geschichte von Luther's Katechismus, in welchem die Idee des Katechismus realisirt sei und zu dem die früheren 1500 Jahre nur die Vorarbeiten geliefert hätten. Selbst Palmer hält das für überspannt und meint, es sei schon genug zu sagen: Besseres als Luther habe hierin noch keiner geliefert! — Wie findet man sich enttäuscht, wenn man in Luther's Katechismus hineinschaut!

Aber schon im nächsten Satze nimmt Zezschwitz die narratio nicht blos mehr als Grundlegung, sondern sogleich für das Ganze der Katechese selbst, was offenbar unrichtig ist. Er sagt: „Augustin in seinem Buche vom Unterricht der Anfänger im Christenthum faßt die Katechese selbst als narratio und stellt dieser die Wesensforderung, daß sie plena atque perfecta sei (cap. 3), d. h. in sich ein Ganzes bilde, übersichtlich vom Anfang bis zum Ende führend. Obgleich Einzelvortrag, hat dieser selbst Recht und Namen doch nur daher, daß er das Ganze vertritt." II, 2. 1. Die narratio ist nur ein Theil dieses Vortrages, also nicht die ganze Katechese; am Schluß derselben erfolgt erst die Aufnahme in's eigentliche Katechumenat und es beginnt jetzt der katechetische Unterricht, zu welchem jener Vortrag gleichsam als Prokatechesis sich verhält, und mithin nicht das Ganze der Katechesis selbst sein kann.

Zezschwitz gibt hierauf die Eintheilung seiner Methodenlehre, aus welcher sich sonnenklar ergibt, daß die narratio nicht das Ganze der katechetischen Methode begreifen könne. Er unterscheidet eine dreifache Methode:

1) Der christlich-kirchliche Lehrstoff hat seinen Grundcharacter an der geschichtlichen Positivität und fordert deßhalb mit Nothwendigkeit eine offenbarungsmäßig-positive Unterrichtsform als Grundlegung und Basis der christlichen Glaubenserkenntniß. Dieser geschichtlich und positiv gegebene Lehrstoff wird akroamatisch durch die Erzählung — narratio — zunächst dem Gedächtnisse des Schülers zugeführt und durch Veranschaulichung darin haftend gemacht.

2) Das didaktisch-dialektische Verfahren wendet sich dann an den Verstand des Schülers, um den im Gedächtniß vorhandenen Lehrstoff begrifflich zu fassen und zum Verständnisse zu bringen, wozu die akroamatische Methode am dienlichsten ist.

3) Durch die teleologisch-paränetische Unterrichtsform wird zuletzt auf den Willen gewirkt, um das Gelernte und Verstandene auch in That und Leben umzusetzen.

Daraus ergibt sich, daß die narratio auch nach Zezschwitz nur die erste grundlegende Methode, nicht aber das Ganze der Katechesis weder nach Inhalt noch nach Form bezeichnet.

Zwar will Zezschwitz die Dreigliederung der Methode nicht so verstanden wissen, als sollte bei den Anfängern blos das Gedächtniß mit narratio gefüllt, und der Verstand und der Wille erst in höheren Classen cultivirt werden; vielmehr sollen sich diese drei Methoden, welche zusammen die Eine katechetische Methode bilden, gegenseitig so durchdringen, daß sie auf allen Stufen des Unterrichtes wiederkehren; immer aber nimmt die offenbarungsmäßig-positive Unterrichtsform als Grundlegung die erste Stelle ein, wie im Ganzen,

so auch im Einzelnen des Unterrichts-Verfahrens. Wie das Gedächt=
niß auch bei allen Verstandes= und Willensoperationen mitthätig ist,
so begleitet die historisch=positive Lehrform auch auf höheren Stufen
die Functionen des didaktisch=dialektischen und paränetischen Verfahrens;
daraus folgt aber nicht, daß man die ganze katechetische Methode,
per synecdochen den Theil für's Ganze nehmend, als historisch=
positive Lehrform, als narratio bezeichnen dürfe. Sonst könnte man
mit gleichem Rechte sagen: die katechetische Methode sei die didaktisch=
dialektische oder die paränetische, weil ja auch diese beiden Lehrformen
beim Unterricht der Anfänger nicht ganz fehlen dürfen, und auf
den höheren Stufen immer wieder erscheinen. II 2. 2 pag. 308.

Darum ist der Gedanke festzuhalten, daß die historisch=positive
Lehrform als narratio nur den ersten, grundlegenden Theil
der katechetischen Methode darstelle.

Es fragt sich nun, ob St. Augustin mit narratio das näm=
liche bezeichnen wollte, was Zezschwitz die offenbarungsmäßig=positive
Lehrform nennt. Allerdings eine Aehnlichkeit beider ist da, aber
keine Gleichheit; denn die narratio des hl. Augustin ist nach Inhalt,
Form und Zweck verschieden von dieser offenbarungsmäßig=posi=
tiven Lehrform.

1) **Stoff** der narratio plena atque perfecta ist die **Geschichte**
Christi und der Kirche von Anfang der Welt bis zur Gegen=
wart; und zwar ist hier Geschichte im eigentlichsten Sinne als Er=
zählung denkwürdiger Geschehnisse zu nehmen.

Dagegen sagt Zezschwitz: Hauptstoff für diese Unterrichts=
Methode ist die biblische Geschichte, an die sich in weiterer
Folge der Bibeltext und =Spruch, sowie der Katechismus=
Text, soweit alle diese Stoffe zunächst memorativ zu behandeln
sind und die unmittelbaren Gegenstände der Examenfrage bilden,
anschließen. Insofern gehört auch das Kirchenlied und der
kirchengeschichtliche Lehrstoff hieher. II, 2. 1 § XXV.

O heiliger Augustin! was wirst du dazu sagen, wenn hier
deine narratio zum weiten Sacke wird, in welchem alles Mögliche
untergebracht werden kann!

2) **Form.** Ob der Lehrvortrag mündlich oder schriftlich, durch
Hören oder Lesen zu geschehen habe, kommt bei Augustin gar nicht
in Betracht und bildet auch keinen spezifischen Unterschied zur Lehr=
Methode anderer Väter. Denn bei Cyrill, bei Ambrosius, bei Au=
gustin u. s. w. und durch das ganze Mittelalter ist der Lehrvortrag
nicht mittels Bibellesens, da es noch wenige Bücher gab, sondern
regelmäßig mündlich und insoferne zunächst akroamatisch. Wenn
aber Zezschwitz sagt: „Der im allgemeinen akroamatische Vor=
trag habe seine characteristische Besonderheit an der narratio oder
der erzählenden Lehrart" (loc. cit.): dann hätte nicht blos
Augustin, sondern die ganze patristische Zeit und bis herab zur Re=

formation die narratio ausschließlich betrieben. Dann hätte es über=
haupt keine andere Lehrrichtung gegeben und ist gar nicht einzusehen,
warum Augustin als Vertreter der narratio so besonders hervorge=
hoben wird. Nein Zezschwitz geht weit irre, wenn er den akroa=
matischen Unterricht mit der narratio des hl. Augustin identifizirt
und das Zufällige an der Sache, das „mündlich“ als das Wesen
derselben nimmt.

Ebensoweit schießt Zezschwitz über das Ziel hinweg, wenn er
meint, das auctoritative Moment sei es, was die narratio von
jeder andern Lehrmethode unterscheidet. „Die Sokratik, sagt er, wollte
die natürliche Religion lehren und für diesen Vernunftstoff paßte
ihre aprioristische Unterrichtsmethode mit Verachtung alles Geschicht=
lichen. Umgekehrt wird und muß der Glaube an eine aus positiver
göttlicher Offenbarung stammenden Religion, wie das Christenthum
ist, eine Unterrichtsweise erzeugen, die zunächst immer Positives lehrt
d. h. als Gegebenes, und hier durch Offenbarung Gegebenes so lehrt,
daß es zunächst auf Auctorität hin angenommen wird. Darum
kann Christenthumsunterricht auch seiner Form nach nur ein offen=
barungsmäßig=positiver sein.“ II, 2. 1 pag. 20. Das
ist ganz gut gesagt; aber hier ist die Frage, ob St. Augustin mit
seiner narratio nur dieses und nichts weiter habe verstehen wollen.
Gewiß alle großen Katecheten der patristischen Zeit haben auctorita=
tive das Positive des Christenthums positiv gelehrt; nun aber sagte
Zezschwitz oben, die einen hätten es in lehrhafter Art gethan
und das Taufsymbol behandelt; die andern aber in einer andern
Grundform mit vorwiegend historischem Inhalte, nach St. Au=
gustins Vorbild. Also hat die offenbarungsmäßig=positive Lehrart
zwei Grundformen: eine historische, und das ist die narratio des
hl. Augustin; dann eine lehrhafte, die Lehrsätze des Taufsymbols
behandelnde, welche sonach von der narratio verschieden ist. Beide
gründen auf dem auctoritativen Lehrgrunde; deßwegen aber können
nicht beide als narratio bezeichnet werden.

3) Zweck der offenbarungsmäßig=positiven Lehrmethode ist:
das Gedächtniß mit dem Ganzen des christlich=kirchlichen Lehrstoffes
zu bereichern, was durch Vortrag des Lehrers und durch Hören,
Lernen, Memoriren und Aufsagen des Schülers geschieht. Das hat
aber St. Augustin mit seiner narratio nicht bezwecken wollen, um
so weniger als hiebei von Gedächtniß kaum die Rede ist und der
Zweck der Erzählung ausdrücklich dahin angegeben ist: ita narra,
ut credat, credendo speret, sperando diligat. Freilich wird zu=
letzt jeder Unterricht, nicht blos der religiöse, zum Merken und nicht
zum Vergessen ertheilt; aber wenn alle Lehrmittheilungen, welche für
das Gedächtniß bestimmt sind, narratio heißen sollten, dann würde
eben alles Unterrichten diesen Namen verdienen.

Zezschwitz merkt selbst, daß das Moment des Auctoritativen, des akroamatisch Vorgetragenen und das Gedächtnißmäßige desselben noch nicht hinreiche, um den Begriff narratio auszufüllen, daß vielmehr zur „Erzählung" nothwendig das Moment des „Geschichtlichen" gehöre, zumal der hl. Augustin zum Gegenstand derselben nur die Geschichte Christi und der Kirche fixirt hat.

Es ist interessant zu beobachten, wie Zezschwitz nach solchen Voraussetzungen den Begriff des Geschichtlichen zu gewinnen sucht. Der Gang des Erkennens, namentlich bei Kindern, ist vom Sinnlich-Wahrnehmbaren zum geistigen Verstehen; zuerst die Sache, dann der Begriff. Durch Anschauung von Sachen und Bildern werden dem Gedächtnisse die ersten Materialien für alle weiteren Denkoperationen zugeführt. Dadurch ist die Wichtigkeit des Anschauungs-Unterrichtes für alle Lehrgegenstände psychologisch begründet, und der wichtige Lehrsatz des Comenius als allgiltig erwiesen, daß den allgemeinen Regeln und Begriffen der Dinge beim Unterrichten immer die anschaulichen Beispiele vorgeordnet werden müssen. Auf diese Weise ist die Perspective von der Sinnen- zur Geistesanschauung eröffnet, auf die wir die Bedeutung der Erzählung basiren. II 2. 1 pag. 48. Bahrdt, ein Zeitgenosse Pestalozzi's, verlangt als Unterrichtsmethode in seinem philanthropinischen Erziehungsplane: statt eines dürren Gerippes von Universalhistorie, die das Gedächtniß mit Namen und Jahrzahlen anfüllt, hingegen dem Verstande nichts zu denken, dem Herzen nichts zu fühlen gibt, soll „dramatische Erzählung" bevorzugt werden, durch welche die Charactere in der lebhaftesten Beleuchtung erscheinen, unterstützt durch die Karte, die den Ort des Herganges veranschaulicht, und wo möglich durch Bilder von den Thatsachen selbst.

Jetzt ist der berühmte Uebergang vom Anschauungs- zum Geschichtsunterricht, diesen beiden Errungenschaften der modernen Unterrichtsmethode, glücklich gefunden. Graßmann und nach ihm Diesterweg z. B. geht beim Anschauungsunterrichte von den Namen der Dinge fort zu der Idee des Ganzen und der Theile; von Ort, Licht, Gestalt bis zu dem Zusammenhange aller Dinge, um zuletzt, wenn auch die Idee der Zeit erörtert ist, die erforderliche Basis für den Geschichtsunterricht gewonnen zu haben. „Mit dem Schlusse der letzten Uebung über die Zeitverhältnisse beginnt der Geschichtsunterricht" [1]). II 2. 1 pag. 53. Zezschwitz verwirft diesen Mechanismus bezüglich des Religionsunterrichtes, verlangt aber im Namen des großen pädagogischen Fortschrittes, der in der Aufstellung und Betonung des Anschauungsprincipes gegeben war, daß mit positiver

---

[1]) Graßmann, Anleitung zu Denk- und Sprechübungen. Berlin 1834 II. Auflage.

Stoffbarbietung in Anschauungsformen auch auf geistigem und religiösem Gebiete Grund gelegt werde. „Und das geschieht durch Geschichtserzählung." II 2. 1 pag. 55. Die Theologen haben neben der sinnlichen Thatsächlichkeit das Kind auch auf die Geistesthatsachen zu verweisen, die in Erzählung voll kindlicher Anschaulichkeit vor die Seele geführt, Herz und Geist zugleich mit Vorstellungen erfüllen, um aus ihnen bezügliche Gattungsbegriffe zu bilden.

„Nur das ist noch die Frage, ob an kindlicher Anschaulichkeit irgend welcher Geschichtsstoff dem biblischen zu vergleichen ist." Ja, sagt Zezschwitz (pag. 60), von der Thiergeschichte und Thierfabel und ebenso vom Märchen muß gesagt werden, daß sie als Geschichte in anschaulichster Gestalt das Interesse des Kindes innerlichst in Anspruch nehmen. Daneben greift man mit Nothwendigkeit zur „moralischen" Erzählung. Wer aber hat je für das moralische Seelenbedürfniß kindesgemäßeren Stoff und für diesen entsprechenderen Ausdruck darzubieten verstanden, als die hl. Schrift in ihrer ebenso kindlichen und plastischen als durchsichtig tiefen und darum eben die Anschauung geistiger Art anregenden Erzählungsweise?

Der Ausgang des Unterrichtes von der biblischen Geschichte ergibt sich so als die gereifte Frucht der rein pädagogischen und so hoch gerechtfertigten Forderung mittelst Anschauung den Grund alles Unterrichtes und somit auch des religiösen zu legen . . . . Die biblische Geschichte ist ihrem eigentlichsten Zweck und ihrer wahren Bedeutung nach ein göttlicher Anschauungsunterricht, in welchem der höchste Erzieher und Lehrer des Menschengeschlechtes diesem die unsichtbaren Geheimnisse seines Wesens und seines Reiches vor Augen legte. Pag. 61.

Das also soll die narratio des hl. Augustin sein? Allerdings faßt dieser auch die „Erzählung", die Geschichte, als Grundlegung des katechetischen Unterrichtes; das ist aber auch der einzige Grundgedanke, welcher von Zezschwitz adoptirt ist. In allem Uebrigen herrscht die größte Verschiedenheit zwischen ihm und Augustin. Zezschwitz nimmt die Erzählung im allerweitesten Sinne, von der Thiergeschichte und Thierfabel, vom Märchen und von der moralischen Erzählung angefangen bis zur Profan- und Kirchengeschichte, als deren höchste Blüthe die biblische Geschichte erscheint. Auch Bibeltext und Bibelspruch, dann Katechismustext und Kirchenlied, — alles ist narratio.

Von psychologischen Gesichtpunkten aus, vom Anschauungsunterricht zur Geschichte aufsteigend, läßt sich wohl die Grundlegung und Veranschaulichung des Unterrichtes durch Exempel und Geschichten begründen, nicht aber die Geschichte als solche. Nun aber bei Augustin handelt es sich gar nicht um Exempel, um Einzel-Geschichten und Erzählungen; im Gegentheil, seine narratio ist **pragmatische Erzählung** der Geschichte Christi und seiner Kirche, und dadurch allein schon spezifisch verschieden von dem, was Zezschwitz unter Erzählung versteht. Wenn derselbe aber meint, die Grundlegung des religiösen Unterrichts durch Geschichte sei ein Princip, welches früher nie recht gewürdigt und erst der Neuzeit zu verdanken sei, so muß dem jeder widersprechen, der die katholische Kirche und ihre Unterrichtsmethode geschichtlich kennen gelernt hat.

Zezschwitz sagt: „daß aller Christenthumsunterricht eine historische Basis fordere, sofern Heilsthaten und geschichtliche Thatsachen der wesentliche Gegenstand alles Christenglaubens sind, das wurde, obgleich es Gemeingut christlicher und obenan reformatorischer Glaubenserkenntniß war, doch erst allmählig und vereinzelt im 18 Jahrhundert, vollständig erst in der Neuzeit als Princip für den biblisch-historischen Unterricht und seine Stelle geltend gemacht." II 2. 1 pag. 122.

Dagegen soll jetzt, um dieser Abhandlung einen praktischen Schluß zu geben, nachgewiesen werden, daß dieses Princip der narratio in der katholischen Kirche von Anbeginn bis jetzt in voller Geltung gewesen sei[1]).

Oben schon wurde hingedeutet, wie Christus der Herr selbst nicht blos mit Beispielen und Gleichnissen seinen Unterricht veranschaulicht, sondern die Geschichtserzählung grundlegend benützt; dasselbe Verfahren läßt sich bei den Aposteln und Evangelisten, z. B. auch an der Rede des hl. Stephanus nachweisen.

Zezschwitz hat eben selbst die heilige Schrift gerühmt wegen ihrer „ebenso kindlichen und plastischen als durchsichtig tiefen und darum eben die Anschauung geistiger Art anregenden Erzählungsweise." Hier ist aber eine Bemerkung nothwendig. Die hl. Schrift besteht theils aus Lehrbüchern und prophetischen Büchern, die aber die tiefsten und schwersten Probleme enthalten und bei aller Einfalt der Darstellung nichts weniger als für Kinder geschrieben sind; theils aus Geschichtsbüchern. Aber, sagt Zezschwitz, wie viel setzen auch die einfachsten biblischen Erzählungen voraus! Psychologisch und sittlich . . . archäologisch und rein historisch: an Vertrautheit mit dem Schauplatze, mit den Gewohnheiten und Sitten, mit dem bürgerlichen und göttlichen Gesetze . . . Der Unterschied soll damit zum Bewußtsein gebracht werden, der zwischen den Zwecken und Voraussetzungen waltet, unter denen die hl. Schrift ihren Thatsachenbericht gibt, und unter denen heilige Geschichte, namentlich als Einzelerzählung, in der Schule auf- und den Kindern gegenübertritt. II 2. 1 pag. 168.

---

[1]) Vgl. Mayer a. a. O. S. 246 ff.

Darum haben Lessing [1]), Semler [2]) und andere sich für das Princip der römischen Kirche erklärt, daß die Bibel eigentlich überhaupt nicht für die Laien, am wenigsten für Kinder, sondern nur für die Lehrer der Kirche da sei; ebenso ist es jetzt bei protestantischen Fachleuten anerkannt, daß die Bibel nur im Auszuge schulgemäß behandelt werden könne. Und auch für diesen Auszug bleibt es auf allen Stufen und vor den jüngern Kindern obenan Gesetz der narratio, „daß die an sich nicht für Kinder geschriebene Erzählung nach Stoff und Form für Kindesverständniß und Kindesbedürfniß zugerichtet werden muß" [3]). In diesem Sinne hat aber die katholische Kirche von jeher die geschichtlichen Stoffe der Bibel für den religiösen Unterricht verwerthet. So ist das kirchliche Taufsymbolum, dessen Ursprung bis auf die apostolische Zeit zurückdatirt, das herrlichste Beispiel, wie die biblische Geschichte in ihren Hauptmomenten in die Kirchenlehre zu einem Ganzen sich verweben lasse und beide zusammen, Geschichte und Lehre, im Kirchenjahre wieder zu Geschichte werden, eine beständige narratio an die Kinder der Kirche. Dieses apostolische Muster, in welchem Geschichte und Lehre sich zur Einheit verbinden, wie der Leib und die ihm formgebende Seele, hat in der katholischen Kirche nie aufgehört, für den religiösen Unterricht maßgebend zu sein.

In den apostolischen Constitutionen (lib. VII u. VIII), welche dem Zeitalter des nicänischen Concils angehören, ist folgender Inhalt des katechetischen Unterrichtes angegeben: Zuerst Trinität im Allgemeinen zum Verständniß des Kreuzzeichens, dann Schöpfung der Welt und des Menschen, göttliche Vorsehung in der Führung Israels — kurz es ist die Summa des ersten Glaubensartikels, wie man seine Auslegung auch heute noch mit der göttlichen Propädeutik in der alttestamentlichen Geschichte verbindet. Dann folgt ein Weiheact mit Kreuzzeichen, Gebet und Handauflegung, indem Katechismus und Exorcismus sich begleiten. Der nun eintretende Unterricht behandelt den zweiten bis siebenten Glaubensartikel vom Erlösungswerke des Sohnes. Auf dritter Stufe dann kommt der Unterricht an die eigentlichen Taufcandidaten, welchen erst der volle Inhalt des Symbolums, wiefern es bei der Taufe beschworen werden muß, aufgeschlossen wird.

Johannes von Jerusalem, Cyrills Nachfolger, umfaßt in seiner Fastenkatechese de fide et omnibus ecclesiasticis dogmatibus das ganze Unterrichtsgebiet summarisch und sagt, daß es in Jerusalem

---

[1]) Axiomata 1778.

[2]) De antiquo Ecclesiæ statu.

[3]) Zezschwitz (II 2. 1 pag. 174) modifizirt hieburch bedeutend seine vorherige überschwängliche Aeußerung über die kindliche und anschauliche Erzählungsweise der Schrift.

herkömmlich sei, während der Quadragesima die „heiligste Drei=
faltigkeit" zu katechisiren, womit er das Symbolum und dessen
Auslegung bezeichnet[1]).

Wenn wir die narratio des hl. Augustin näher betrachten, so
bewegt sich dieselbe am Faden des Symbolums, obwohl dasselbe noch
nicht vor den Proselyten erwähnt ist, vom Anfang bis zum Ende fort.

Zezschwitz selber gibt Zeugniß, wie das apostolische Symbolum
in unübertrefflicher Weise durch und durch historisch angelegt sei,
nicht blos die hl. Geschichte selber in sich enthaltend, sondern auch
die Maße, nach welchen überhaupt der Geschichtsunterricht neben
dem Katechismus den Kindern gegeben werden kann und soll. Das
Symbolum mit seinen drei Hauptabtheilungen ruht auf Einzelge=
schichten; aber es ordnet diese nicht nur in gewisse Perioden (Schöpf=
ung, Erlösung, Pfingsten); sondern es faßt auch das Gesammtge=
biet zwischen Anfang und Ende — ja letztem Ende — so in eine
Einheit zusammen, daß ein fortlaufender durchsichtiger Gang der Ent=
wicklung die Bahn zwischen jenen beiden Polen füllt. Die drei Theile
des Symbolums bezeichnen die großen Kategorien der ganzen bibli=
schen Geschichte und bilden insoferne den Rahmen für diese. Durch
diese organische Zusammenfassung werden die Einzelgeschichten zur
Geschichte erhoben, so daß die Erzählungen aus dem alten Testa=
mente nicht mehr als etwas für sich Bestehendes neben dem neuen
Testamente erscheinen; vielmehr im Symbolum werden alle That=
sachen unter den Gedanken des neuen Bundes gestellt[2]), wobei die
Schöpfung im Lichte der Erlösung und der erste Adam als Vor=
bild Christi, des zweiten Adam, betrachtet wird. Gerade auf diesem
Wege lichtet sich die geschichtliche Perspective, die durch das Symbo=
lum hindurchreicht. Wo der Katechismus in diesem Sinne die bib=
lische Geschichte aufzunehmen vermag, allem vorher als einzelgeschehen
Betrachteten seinen Ort anweisend, nicht nur nach den Kategorien
dreier einander folgender Gotteswerke, sondern nach den innern Mo=
tiven der durchherrschenden göttlichen Geschichts=Pädagogik, da darf
in der That der Katechismus als vollständig berechtigter Repräsen=
tant, sein Schema als innerlichst entsprechender Rahmen für die bib=
lische Geschichte hingestellt werden[3]).

Daraus folgt, daß im System des Katechismus das Symbo=
lum als geschichtlich grundlegender Theil den ersten Platz einnehmen

---

[1]) Consuetudo apud nos istius modi est, ut per quadraginta dies tra-
damus sanctam ac venerandam trinitatem. Hier. 16 ad Pamach.

[2]) Nicht wie Basedow, der die Thatsache, als „im Archiv der Christen"
oder „im Glaubensbuch der Juden" sich vorfindend, erzählt wissen will. Vor=
rede zu seinem Organon.

[3]) Zezschwitz II 1 pag. 486 ff.

müſſe, und nicht der Decalog, wie es in Luthers Katechismus der Fall iſt.

Es folgt daraus weiter, daß wenn in den erſten drei Schul=jahren der Unterricht geſchichtlich gegeben wird, derſelbe auf das Symbolum ſich aufbauen müſſe, weil man ſonſt nur abgeriſſene Geſchichten, aber keine Geſchichte erhalten würde, und weil nur in dieſer Weiſe der geſchichtliche Unterricht eine organiſche Unterlage für den darauffolgenden Katechismus bilden kann.

Jetzt erſt werden wir recht verſtehen, warum alle heiligen Väter, welche ſich mit katechetiſchem Unterricht befaßten, ſo großes Studium dem Symbolum zugewendet, ſo viel darüber katechiſirt und geſchrieben haben. Wer möchte nicht die hohe Weisheit der Kirche bewundern, welche bei der Taufe ſchon ihren Katechumenen entgegentritt, das Symbolum in der Hand, um den geſchichtlichen Grund für alles künftige Unterrichten zu legen. Wie belehrt und verpflichtet ſie die Taufpathen, den erſten chriſtlichen Unterricht mit dieſer historia historiarum zu begründen. Von dieſer katechetiſchen Baſis — Taufe und Symbolum — hat ſich die Kirche im Laufe der Jahrhunderte bis jetzt niemals abbrängen laſſen, trotz aller gegentheiligen Verſuche, die ſich am Ende immer unpraktiſch erwieſen. Was der deutſche Schulmeiſter als Anſchauungsunterricht und hiſto=riſche Methode erſt im 18 Jahrhundert erfunden hat, das übte die Kirche auf religiöſem Gebiete ſeit mehr denn tauſend Jahren. Ge=ſchichte iſt ihr Grundlegung für den geſammten katechetiſchen Unter=richt. Wie kann doch Zezſchwitz dieſer Thatſache gegenüber zu be=haupten wagen: „Erſt die Neuzeit habe erkannt, welchen Werth der erzählende Unterricht gerade für die Jugend hat"? II 2. 1 pag. 4.

Noch mehr, die Kirche will den Katechismus und zumal das Symbolum nicht blos lehren, ſondern auch leben, und dadurch die Wahrheit und Lebensfähigkeit ihrer Lehre factiſch beweiſen. Das hiſtoriſch=lehrhafte Wort des Symbolums hat ſeinen anſchaulichen Commentar in der Thatſachenfeier des Kirchenjahres. Der Feſtcyc=lus in ſeiner großen, einheitlichen Diſpoſition wird ſo zur Real=barſtellung des Katechismus, und als ſolche wird er Jahr aus Jahr ein den Katechumenen grundlegend zum Bewußtſein gebracht. Das iſt die rechte, lebendige narratio.

Aber unſere deutſchen Methodiker verlangen ein dramatiſches Erzählen der hl. Geſchichte: nun das iſt gegeben in der katholiſchen Liturgie. Die Sacramente beſtehen aus einem Worte verbunden mit einer ſichtbaren Sache und Handlung, wodurch die Gnadenlehre veranſchaulicht wird. Das Opfer und der ganze Gottesdienſt er=wächst aus Handlungen mit Worten, ſo daß das Geheimniß dramatiſch vorgeſtellt wird. Das Drama, ſagt der Kunſtdramatiker

Devrient, ist lebendig gegenwärtige Handlung. Nun aber ist das Meßopfer nichts anders als die lebendige Vergegenwärtigung der einzig großen Handlung des Kreuzopfers; also haben wir im Gottesdienste das Drama aller Dramen. Darum ist auch die ganze katholische Liturgie dramatisch angelegt. Die Passionsgeschichte Christi nach den vier Evangelisten, wie sie in der Charwoche gesungen wird, läßt die Kirche derartig dramatisch aufführen, daß ein Priester die erzählende Rede des Evangelisten, ein anderer die des Heilandes und ein Dritter die Rollen der übrigen redend eingeführten Personen übernimmt. Daraus haben sich die Passionsspiele entwickelt, welche früherer Zeit in der Kirche selbst, später im Kirchhofe zur Aufführung kamen, und im Ammergauer Passionsspiel bis heutigen Tages in der Erinnerung fortleben. Aehnlich waren die Weihnachts und Krippenvorstellungen, dann die dramatischen Aufführungen der Auferstehung und Himmelfahrt Christi, sowie der heil. Geistsendung. Im Eichstätter Pastoralblatt (1856 pag. 86) ist solch eine dramatische Scene der Auferstehungsfeier beschrieben, aus welcher die dialogische Form der Ostersequenz Victimae paschali abgeleitet ist. Die sogenannten „Mysterien", in Spanien die Autos sacramentales, wurden im Mittelalter überall gespielt, wobei zwischen den Vorstellungen aus dem neuen Testamente gewöhnlich die darauf bezüglichen Vorbilder aus dem alten in lebenden Bildern eingeschoben wurden. Selbst die Reformation konnte und wollte diese „geistlichen Spiele" nicht sogleich abschaffen und verwerthete sie zur Verbreitung ihrer Ideen.

Das war von jeher die historische Methode der katholischen Kirche, die wahre narratio, die dramatische Erzählung. „Da stiegen die Statuen der Kirche gleichsam von ihren Consolen herab und die Bilder traten heraus aus ihren Rahmen, die Künste wurden vor dem Auge des Zuschauers lebendig und vermochten auch tief und lebendig ins Menschenherz einzugreifen"[1].

Die bildenden Künste — Malerei und Sculptur — mußten sich ebenfalls in den Dienst der Kirche stellen, um dem Laienvolke, besonders dem Lesensunkundigen, die biblische sowie die Kirchengeschichte zu veranschaulichen. Schon Gregor der Große hat die Bilder „das Buch" für die Ungelehrten" genannt; und wie hoch die Kirche dieses Bildungsmittel schätzte und um keinen Preis dasselbe sich entreißen lassen wollte, zeigen ihre mit äußerster Anstrengung geführten Kämpfe gegen die Bilderstürmer[2].

---

[1] Sebast. Brunner. Unter Lebendigen und Todten. Pag. 38.

[2] Schon das katholische Mittelalter hatte seine Bilderbibel auch biblia pauperum genannt. Diese Bildwerke sind Darstellungen aus dem Leben Jesu mit Parallelbildern des alten Bundes, in welchem das pragmatische Ver

So ist alles, was wir in der katholischen Kirche sehen und
hören, Veranschaulichung ihrer Lehre und dramatische Erzählung
als Begründung derselben. Mögen die protestantischen Kinder immer=
hin mit ihrer Bibel unter dem Arme zur Schule ziehen und darin
blättern und lesen, so gut sie es eben verstehen; auch die Bibel ist
ein todtes Buch, dem erst durch eines Lehrers Wort Leben gegeben
werden muß. In der Kirche aber ist die Bibel drama=
tisirt. Wer das verstehen will, darf nur die Structur des Bre=
viers und des Missale für den Festcyclus des Kirchenjahres und den
herrlichen Commentar betrachten, welchen Dom Prosper Gué=
ranger hiezu geschrieben hat. Die Kirche und alles in ihr gleicht
jenem Himmel, welcher die Glorie Gottes erzählt — coeli enar=
rant gloriam Dei. Hier ist die Idee der narratio des hl. Au=
gustin aufs schönste realisirt!

### Resultat.

Alles Bisherige zusammengefaßt kann man sagen: Alle Kate=
chetiker von St. Augustin bis jetzt stimmen darin zusammen: Keinen
katechetischen Unterricht ohne Geschichte!

In der Durchführung dieses Grundsatzes gehen aber die ver=
schiedenen Auctoren weit auseinander, indem jeder einen andern Be=
griff hat von „katechetischem Unterricht“ und von „Geschichte“ und
von dem Verhältnisse beider zueinander. Um zu einem klaren Re=
sultate in dieser katechetischen Frage zu kommen, muß festgestellt werden:
1) Was ist zu verstehen unter katechetischem Unterrichte?
2) Was ist zu verstehen unter Geschichte?
3) Wie ist das gegenseitige Verhältniß beider zu denken?

### I.

In den oben besprochenen Schriften Hirscher's, Palmers, Gru=
ber's u. s. w. ist immer die Rede von den göttlichen Offenbarungen
und ihren Thatsachen, vom Offenbarungsganzen, von der Idee des
Offenbarungszweckes, von Tradition und Bibel, so daß man meinen
könnte, das wäre das Object des katechetischen Unterrichtes. Wohl,
das ist Object der gesammten Theologie, Object der Dogmatik und
ihrer Nebenfächer, aber nie und nimmer Object der katechetischen
Thätigkeit. Ein Katechet ist kein Theologie=Professor. Seit den
ersten christlichen Jahrhunderten, namentlich von Cyrillus an, ist
der katechetische Lehr= und Lernstoff genau fixirt in dem Worte Kate=

hältniß der alttestamentlichen Vorbilder zu den Thatsachen neutestamentlicher
Erfüllung zur Anschauung gebracht ist. Solch biblische Ausstattungen, oft Co=
pien und Parallelen von Kunstwerken, und allen zugänglich schmückten die
Dome, die Rath= und Patrizierhäuser der mittelalterlichen Städte.

chismus, in welchem die heil. Kirche alles zusammenfaßt, was der Katechet zu lehren, der Katechumene zu lernen hat — Summa doctrinæ christianæ mit ihren drei ganz bestimmten Kategorien: Symbolum, Dekalog, Cultuslehre (Sacramente und Gottesdienst). Der Katechismus, als Medium zwischen Lehrer und Schüler, ist also nicht die göttliche Offenbarung und ihre Geschichte, Schrift und Tradition, im Großen und Ganzen, sondern als verbum abbreviatum, als Milch den Kleinen zubereitet. Darum können auch unsere deutschen Katechetiker, nachdem sie ein Langes und Breites über göttliche Offenbarung und Offenbarungsthatsachen geschrieben haben, nicht umhin, einzugestehen, daß es sich hier doch blos um einen „Auszug" aus Schrift und Tradition handle. Aber auch hier gibt sich Hirscher den Anschein, als ob dieser Offenbarungs-Auszug erst zu machen wäre, und seine Katechetik stellt deßwegen die Regeln auf, nach welchen etwa ein Dogmatikprofessor solch einen Katechismus systematisch fertig bringen könnte. Auch Fröhlich definirt den Katechismus als „Auszug aus der Lehre der katholischen Kirche über das gegenseitige Verhältniß Gottes und der Welt", und fängt dann seine Katechismus-Arbeit an zu systematisiren, als ob es seit 1800 Jahren noch keinen kirchlich-festgestellten Katechismus gegeben hätte.

Dagegen hat Gruber ausdrücklich hervorgehoben, daß man sich die Offenbarungsthatsachen nicht selber beliebig zurecht legen dürfe, sondern daß man sich dabei an den kirchlich approbirten Katechismus zu halten habe.

Wenn also vom katechetischen Unterricht gesprochen wird, so müssen wir, um nicht in den Nebel hineinzureden, uns denselben ganz concret in der Form des Katechismus denken mit seinen drei Kategorien: Symbolum, Dekalog und Cultuslehre.

Das mot d' ordre: „Kein katechetischer Unterricht ohne Geschichte" — wird somit heißen: Kein Katechismus ohne Geschichte. Aber was ist hier Geschichte?

## II.

Die synthetische Philosophie stellt den Grundsatz auf: „Wovon die Geschichte (das heißt die innere und äußere Erfahrung) lehrt, daß es ist, von dem soll die Philosophie lehren, daß es so sein muß. Das ist die bekannte Reconstruction a priori des a posteriori Gegebenen"[1]). In diesem Sinne sagt Schelling: „Jeder Unterricht, der nicht aus Principien geschieht, ist seiner Natur nach historisch"[2]). So haben die Rationalisten aus den Vernunftprincipien sich eine Naturreligion zurechtgerichtet auf ganz apriorischem Wege. Dieser Naturreligion gegenüber betonen Gruber und andere auf's entschiedenste die historische Methode, gemäß

[1]) Kleutgen, Philosophie der Vorzeit I 630.

[2]) Fichte-Niethammer, Philos. Journal VIII 159.

welcher man den Katechismus auf die Offenbarungsthatsachen der christlichen Religion basiren müsse, auf Christus und auf die Kirche. Die Losung heißt: Kein Katechismus ohne Geschichte!

Hier ist zu bemerken, daß der Ausdruck „historische Methode", im allerweitesten Sinne genommen, auf alle Lehrfächer anzuwenden ist und nichts weniger als für etwas dem katechetischen Unterrichte Spezifisches gelten kann. Selbst in der Philosophie ist das rein synthetische Verfahren nie gelungen und mußte das synthetisch-analytische, also das synthetisch-historische angewendet werden. Ebenso kommt bei allen Theologiefächern sowie bei allen Gegenständen der Volksschule, weil a priori nicht construirbar, die historische Methode in Verwendung, während Gruber, Hirscher u. s. w. dieselbe als etwas ganz Spezifisches für den Katechismus zu fordern scheinen.

Uebrigens ist mit dem Satze: „der katechetische Unterricht ist nach der historischen Methode zu ertheilen" — gar nichts weiter gesagt als mit dem Rufe: Kein Katechismus ohne Geschichte! Wobei ich immer noch nicht weiß, was denn hier unter Geschichte verstanden sei.

Die einen verstehen darunter: der Religionsunterricht soll, der Kindesnatur entsprechend, nicht in abstracten Lehrsätzen gegeben, sondern durch Beispiele, Fabeln, Märchen, moralische Erzählungen, sowie durch Vorstellung von Characterbildern aus der Profan- und besonders aus der biblischen Geschichte veranschaulicht werden. Nun dieser Grundsatz des anschaulichen Unterrichtens gilt aber für alle Lehrfächer der Volksschule, nicht blos und auch nicht speziell für den Katechismus. Auch die Sokratiker haben ihre Naturreligion durch edle Beispiele aus dem Leben „des Weisen von Nazareth" den Kindern faßbar gemacht. Wenn wir katholische Katecheten Erzählungen aus der Thierwelt, aus der weltlichen und biblischen Geschichte gebrauchen: was thun wir da besonders? Das thun auch die Heiden, auch die Rationalisten. Insofern ist die Geschichte und ihre Erzählung (narratio) nicht eine besondere Methode, sondern nur ein didaktisches Lehrmittel, Eines von vielen, um vom Concreten zum Abstracten fortzuschreiten.

Andere lassen die historische Methode darin bestehen, daß die Lehrsätze der Religion aus einem einzelnen göttlichen Dictum oder Factum, oder aber aus einem ganzen biblischen Buche, wiefern es Gottes Wort und Gottes That enthält, abgeleitet werden. Während also die Ersten von religiösen Lehrsätzen ausgehen und dieselben durch Beispiele, Geschichtserzählungen und Schrifttexte veranschaulichen und bestätigen: gehen diese Zweiten von einer Gottesthat oder einem biblischen Texte aus, um hieraus bestimmte Glaubens- und Sittenlehren zu deduciren, und das nennen sie „historische Methode".

Auch die Sokratiker tragen Religionswahrheiten vor, wie sie uns aus den göttlichen Offenbarungen bekannt sind; aber so, daß sie dieselben vorher aus Vernunftgründen entwickeln und dann erst dafür die factischen Beweise aus der Offenbarung hinzufügen. Zuerst wird der Vernunftbegriff z. B. von Allmacht und Gerechtigkeit Gottes haarklein bestimmt; und dann lassen sie die Autorität der göttlichen Offenbarung hinten nachhinken; Gott selber habe dieses in der heil. Schrift in diesem oder jenem Texte geradeso von sich gesagt. Diese Methode wird von Gruber[1]) als eine für katholische Katecheten ganz fehlerhafte verworfen, und dagegen jene zweite als die allein richtige empfohlen, welche den göttlichen Ausspruch als die entschiedene Wahrheit aufstellt und den ganzen Unterricht auf die Basis der Autorität Gottes gründet. Die so von Gott mitgetheilte Vorstellung müssen wir nun nach den Regeln der Katechetik erläutern, auf den innern Zustand unserer Natur anwenden und auf Herz und Willen wirken lassen; dadurch nur wird der Zweck des katechetischen Unterrichtes erreicht, der kein anderer sein kann und darf als: Unterwerfung unseres Erkennens unter die Erkenntniß Gottes und unsers Willens unter den Gottes[2]).

Nun, diese auf Auctorität Gottes und der Kirche gründenden Aussprüche und Wahrheiten bilden eben den Katechismusstoff; wo bleibt denn da die Geschichte? Ja, sagt Gruber, die ganze Religion ist geschichtlich geoffenbaret. Aus der Geschichte der Erschaffung und des Falles der ersten Menschen lassen sich die Begriffe von den göttlichen Eigenschaften, vom Elend der Sünde, von dem Glauben an den Erlöser ableiten. So läßt die ganze Moral aus der Geschichte der Gesetzgebung auf Sinai, dann aus den Aussprüchen Jesu sich beibringen. Die Lehre von den Sacramenten ist ganz aus der heiligen Geschichte herzuleiten, in welcher die von Jesu getroffenen Gnadenanstalten enthalten sind.

Während bei der ersten Methode die Geschichte (narrativ) zu Veranschaulichungszwecken nur neben und nach dem Katechismus Platz findet und sich zu diesem rein äußerlich verhält, geht nach Grubers Deductionsmethode die Geschichte dem Katechismus voraus und gehört zu diesem wesentlich und unzertrennlich. Wenn aber der Lehrbegriff des Katechismus nur aus der Geschichte abgeleitet ist, so folgt, daß die Geschichte als solche nicht Zweck des katechetischen Unterrichtes ist, sondern nur ein Mittel, durch welches die Katechismuswahrheiten gewonnen werden.

---

[1]) Katech. Vorlesungen zu Cap. 3 de cat. rudibus.

[2]) Loc. cit. pag. 38. Gruber hätte neben der Auctorität Gottes auch die der Kirche hervorheben und nicht blos den göttlichen Ausspruch, sondern auch die Aussprüche der Kirche als jene entschiedenen Wahrheiten hinstellen dürfen, welche katechetisch zu erläutern und zu behandeln sind.

Was Gruber sagt, ist ganz wahr; aber er hat die Wahrheit nicht ganz gesagt. Nach ihm wäre die Geschichte nur das Formal-Princip des Katechismus, dessen Wahrheiten wir glauben, weil sie geschichtlich von Gott geoffenbart sind und mithin auf der Auctorität Gottes beruhen und davon sich ableiten. Aber hiemit ist nicht das Ganze gesagt; denn wir glauben nicht blos, weil Gott es geschichtlich geoffenbaret hat, sondern auch auf die Thatsache hin, weil die Kirche dasselbe zu glauben vorstellt. Zum Formalprincip des katholischen Glaubens gehört nicht blos die Offenbarung Gottes, sondern auch das thatsächliche Vorstellen von Seite der Kirche; und dieses Zweite hat Gruber zwar in Gedanken gehabt, es aber nicht ausgesprochen. Der Katechet soll nach ihm als Bote Gottes lehrend auftreten; daß er aber auch namens der kirchlichen Auctorität vor dem Kinde steht und lehrt, das hat Gruber hervorzuheben unterlassen. Darum kommt bei ihm wohl die biblische Offenbarung, aber nicht so die Kirche und ihre Geschichte zur rechten Geltung, wie es doch bei St. Augustin der Fall ist.

Auch nach einer andern Seite hin ist Gruber's Begriff der narratio nicht erschöpfend, indem er die Geschichte nur als Formal-Princip des Katechismus behandelt, während der heil. Augustin dieselbe auch als dessen Stoffprincip darstellt. Dieser erzählt in seiner narratio die Geschichte Christi und der Kirche und fragt am Schlusse seinen Schüler, ob er dieses Erzählte glaube — an haec credat? Er fragt nicht etwa: Glaubst du jetzt, weil Christus und die Kirche dieses oder jenes sagt; sondern das ist die Frage: Glaubst du die Thatsachen, welche du so eben von Christus und der Kirche hast erzählen hören?

Palmer hat in dieser Beziehung einen inhaltsschweren Gedanken ausgesprochen. Der Unterschied zwischen der rationalistischen und historischen Methode besteht nicht darin nur, daß wir die zu erzählenden Geschichten nicht selbst machen, sie vielmehr aus der Offenbarungsgeschichte nehmen, sondern auch darin, daß sie uns nicht blos Mittel zur Darstellung, zur Veranschaulichung von Lehren sind, sondern Selbstzweck; nicht um der Nutzanwendung, sondern um der Geschichte selber willen, lehren wir biblische Geschichte. Dies folgt aus dem Verhältniß, in welchem objectiv die heilige Geschichte zur heiligen Lehre steht. Ist etwa jene nur eine Folie für diese? Mit nichten; die Geschichte ist um ihrer selbst willen geschehen; nicht darum ist Christus gestorben, damit wir schöne Lehren über den Muth, für die Wahrheit selbst das Leben zu lassen, daraus zögen; sondern er ist gestorben, damit sein Tod ein Factum wäre; nicht dazu ist er auferstanden, damit wir schöne Anwendungen über die unausbleibliche Krönung der Tugend mit Glück, Ehre und Unsterblichkeit davon machen, sondern damit er ein lebendiger Herr und Erlöser wäre; und so ist überall die göttliche Geschichte um ihrer selbst willen da [1]).

Noch deutlicher läßt sich dieses Verhältniß zwischen göttlicher Geschichte und göttlicher Lehre so ausdrücken: Nicht deßwegen bloß ist Christus auferstanden, damit wir eine Glaubenslehre davon ableiten, wie Gruber sagt, sondern die Auferstehung Christi ist selbst eine Glaubenslehre; und nicht bloß deßwegen hat Christus eine Kirche gestiftet, damit wir auf ihre Auctorität hin glauben, sondern die Kirche und ihre factische Existenz ist selbst ein Glaubensartikel. Credo Ecclesiam catholicam. Inwieweit die Geschichte Christi und der Kirche selbst Stoffprincip des Glaubens ist, darin liegt der volle Begriff der narratio des heiligen Augustin. An haec credat?

Wenn aber Palmer meint, die göttliche Geschichte sei überall um ihrer selbst willen da, so geht diese Behauptung zu weit; wir müssen vielmehr dreierlei Thatsachen der hl. Geschichte unterscheiden. Die Erzählungen von der Ruth, von Tobias, von Sodoma u. s. w. sind an sich wahr und zu glauben, aber sie sind kein articulus fidei und zunächst dazu vorgetragen, um moralische Lehrsätze daraus abzuleiten.

Andere Erzählungen z. B. von den Wundern Christi, von seinen Gleichnissen u. s. w. haben unter anderem den Zweck, daß dogmatische Wahrheiten daraus deduzirt werden [2]). Dann aber gibt es gewisse Grundthatsachen im Leben Christi und der Kirche, welche nicht bloß an sich wahr und glaubwürdig, auch nicht bloß als Medium da sind, um daraus andere dogmatische und moralische Wahrheiten abzuleiten; sondern die die Substanz der göttlichen Offenbarung ausmachen und ihren Zweck in sich selber haben; nämlich die drei Großthaten der allerheiligsten Dreieinigkeit: Schöpfung, Erlösung und Heiligung des Universums. Das sind nicht etwa Säulen und Strebepfeiler und Maßwerk, wie die übrigen Dogmen und Moralgebote, sondern da haben wir die Grund- und Seitenmauern, kurz das Corpus des Glaubensgebäudes selbst [3]).

---

[1]) Palmer's Katechetik pag. 143.

[2]) Darum haben solche Thatsachenberichte einen historischen und mystischen Sinn. Miracula Domini et Salvatoris nostri sic accipienda sunt, ut et in veritate credantur facta et tamen per significationem nobis aliquid innuant. Opera quidem ejus et per potentiam aliud ostendunt et per mysterium aliud loquuntur. Gregor. Hom. 2 in Evang.

[3]) Der hl. Thomas unterscheidet in der hl. Schrift Lehren und Thatsachen, welche an sich Glaubensobject und Endzweck des Glaubens sind; dann andere, welche zwar auch Glaubensobject sind, aber doch eigentlich nur in der Richtung auf anderes. Aliqua sunt credibilia, de quibus est fides secundum se; aliqua vero sunt credibilia, de quibus non est fides secundum se,

Diese Grundthatsachen sind Geschichte und Lehre zugleich und als solche im Symbolum als formelle Glaubenswahrheiten erzählt und artikulirt. Hier, aber nur hier ist die Gottesgeschichte nicht mehr vor, neben und nach der Gotteslehre des Katechismus sondern im Katechismus selbst. Das ist der eigentliche Catechismus historicus; das Symbolum ist der historischen Methode gemäß construirt. Was die narratio des heiligen Augustin für die Proselyten war, das will das Symbolum für die Taufcandidaten und für die Getauften selber sein.

Das Symbolum ist aber nicht blos biblische Geschichte, sondern zugleich Abriß und der kirchlich festgesetzte Rahmen der Kirchengeschichte, und zwar in einem doppelten Sinne.

Wie die einzelnen Länder und Völker im Laufe der Jahrhunderte um ihre politische Existenz gerungen, so daß ihre Geschichte zumeist mit Blut geschrieben ist: ebenso mußte die Kirche durch ein blutiges Martyrium sich ihr Dasein erkämpfen, und weil jedes Dogma eine Existenzfrage für die Kirche ist, war sie gezwungen, den Heiden, Juden und Häretikern gegenüber die Schlachten des Herrn zu schlagen und gleichsam jeden Glaubenssatz aus den Händen der Feinde zurückzuerobern, wie man Festungen erobert. So bezeichnet jeder Glaubens-Artikel einen Krieg, einen Schlacht- und Siegestag in der Geschichte der Kirche; insofern läßt sich an der Hand des Symbolums den Schülern der höheren Klasse alles erzählen, was dieselben von Kirchen-Geschichte zu wissen brauchen.

Aber noch in einem andern Sinne ist das Symbolum wesentlich und wahrhaft Kirchengeschichte und hiefür grundlegend auch in den untern Klassen der Volksschule.

Zezschwitz drückt diesen Gedanken aus und sagt, daß das Symbolum vermöge seiner Fassung selbst — die Geschichte durchaus nicht in ihrer reinen Objectivität wiedergibt; vielmehr alle Thatsachen unter den Gedanken des neuen Bundes stellt, so daß z. B. die Schöpfung im ersten Glaubensartikel vielmehr zu einem Unterpfande der Erlösung und in das Licht der Verheißungen gerückt wird [1]). Die alttestamentliche Bibel und ihr Inhalt findet ganz

sed solum in ordine ad alia: sicut etiam in scientiis quædam proponuntur, ut per se intenta, et quædam ad manifestationem aliorum.

Quia vero fides principaliter est de his, quæ videnda speramus in patria (Hebr. 11. 1): ideo per se ad fidem pertinent, quæ directe nos ordinant ad vitam æternam; sicut sunt tres personæ omnipotentis Dei, mysterium incarnationis Christi et alia hujusmodi; et secundum ista distinguuntur articuli fidei. Quædam vero proponuntur in s. Scriptura ut credenda, non quasi principaliter intenta, sed ad praedictorum manifestationem, sicut quod Abraham duos filios habuit et alia hujusmodi, quae narrantur in s. Scriptura in ordine ad manifestationem divinae majestatis vel incarnationis Christi. Summa II² qu. 1 art. 6 ad 1.

[1]) Zezschwitz II 1 pag. 487.

verschiedene Verwerthung und Bedeutung, je nachdem sie von einem Politiker oder Historiker, von einem Profanschriftsteller oder einem Theologen, von einem Juden oder einem Christen, von einem Exegeten oder Katecheten behandelt und ins Auge gefaßt wird. Für den Katecheten hat die biblische Geschichte alten Testaments nur so viel Sinn und Bedeutung, als sie in den Augen Christi und der Kirche besitzt. Die Kirche Christi ist es, aus deren Hand und Mund wir die biblische Geschichte und deren einzig richtige Auslegung empfangen. Zumal aber in der Katechese erzählt die lehrende Kirche ihren Katechumenen nicht von den Antiquitäten des jüdischen Civil= und Ceremonialgesetzes, welches für uns Christen ja nicht verbindlich ist; auch nicht von den Sinaigeboten, wiefern sie Bundesgesetz der jüdischen Theocratie waren; sondern sie schaut die altbiblische Geschichte mit durchaus christlichen Augen, liest ihre eigene Urgeschichte heraus, um sie ihren Kindern als solche zu erzählen. Was an Offenbarungswahrheiten in der Bibel alten Testamentes ausgesprochen ist, faßt sie im christlichen Sinne; was an Geboten und göttlichen Anordnungen dort enthalten ist, findet hier nur Verwendung, wiefern es mit christlichem Geiste sich erfüllen und zur Geltung bringen läßt. Selbst die Geschichtsbeispiele von Tobias, Ruth, Job u. s. w. werden nicht im Sinne der jüdischen, sondern der christlichen Moral verwerthet zu dem Zwecke, christliche Tugenden dadurch anschaulich und nachahmenswerth zu machen.

Das Gleiche gilt auch von der Bibel neuen Testamentes; dieselbe ist nicht etwa zur Privatlectüre und zum Zwecke historischer Studien oder angenehmer Unterhaltung dem Einzelnen in die Hand gegeben oder als Unterrichtsgegenstand für eine ganze Schule bestimmt; sondern wiederum ist es die heilige Kirche, welche allein berechtiget ist, diese Schrift in ihrem Geiste zu erklären und die darin enthaltenen Geschichten uns zu erzählen in der Absicht, die religiösen Wahrheiten und die Sittengebote des Christenthums dadurch zur Kenntniß der Welt zu bringen. Wovon das Herz der Kirche voll ist, davon geht ihr Mund über: die evangelischen Erzählungen von Christus, von seiner Menschwerdung, seinem Leiden, seiner Auferstehung u. s. w. sind ihr nicht bloße Erinnerungen an längstvergangene Zeiten, nein dieselben machen heute noch ihr ganzes Glauben, Hoffen und Lieben aus, und wenn sie davon erzählt, so geschieht es nur, um auch in andern Glaube, Hoffnung und Liebe zu entzünden. Deßwegen sagt die Kirche bei der traditio symboli zu ihrem Tauf=Candidaten nicht: Narro Deum creatorem, sondern sie betet vor: Credo in unum Deum, damit jeder derselben nachbete: Credo in unum Deum . . . .

Die Kirche sagt mit Recht: „Ich lebe, doch nicht ich, sondern Christus lebt in mir." Indem sie also das Leben Christi erzählt, hat sie ein Stück ihrer eigenen Geschichte erzählt. Sie will Christum und seine Thaten nicht blos im Gedächtnisse und im Verstande haben, sondern auch im Herzen; darum genügt es ihr nicht, die Geschichte Christi zu glauben und im Symbolum andern als Glaubensartikel vorzustellen; nein sie will, was sie glaubt, auch leben und beten, und zu diesem Zwecke feiert sie im Festcyclus des Kirchenjahres die Geheimnisse des Symbolums alljährlich auf's neue. Im Leben der Kirche wiederholt sich das Leben Christi. Indem die Katechumenen an der Hand des Symbolums angeleitet werden, die heiligen Zeiten des Kirchenjahres liturgisch mitzufeiern, werden sie in das Leben und in die Geschichte Christi und der Kirche selbst — durch Wort und That eingeführt. Dadurch allein wird der Zweck der biblischen Ge= schichtserzählung erreicht, welcher, wie die preußischen Regulative sich ausdrücken, darin besteht, „daß ein Christenkind die biblische Geschichte an und in sich erleben soll.“

Auf diese Weise ist das Symbolum die Grundlegung nicht blos des Katechismus, sondern auch der biblischen und Kirchen-Geschichte. Ein anderes katechetisches Fundament kann niemand legen, als das bereits hier gelegt ist durch die Kirche; wer davon abweicht, hat auf Sand gebaut. Daher finden wir in der Literatur über biblische Geschichte, namentlich bei Protestanten, einen Wirrwar wie zu Babel, woraus niemand klug werden kann, um so weniger, weil diese Schriftsteller sich selber in der Sache nicht klar sind und kein Princip zu finden wissen, ob der Unterricht mit der Geschichte des alten oder neuen Testamentes anzufangen habe; kein Princip, nach welchem die Auswahl der biblischen Geschichten, weil doch alle zusammen nicht erzählt werden können, bestimmt und begrenzt werden soll. Am wenigsten wissen sie für die Kirchengeschichte das rechte Maß und den rechten Platz zu finden, obwohl sie zugestehen müssen, daß dieselbe wesentlich zum katechetischen Unterricht gehöre. Für all diese Fragen hat die katholische Kirche in ihrem Taufsym= bolum längst und in einfachster Weise die richtige Lösung gefunden.

Zezschwitz hat massenhaft literarisches Material über biblischen Geschichtsunterricht zusammengeschleppt, ohne es geistig verarbeiten zu können; — es bleibt rudis indigestaque moles. Darüber ver= liert er zuletzt ganz den Begriff der narratio im Sinne des heil. Augustinus, obwohl er hie und da herrliche Lichtgedanken hat, und versteht darunter blos mehr den mündlichen, kunstgerechten erzäh= lenden Vortrag einer Geschichte. Eine Geschichte, sagt er, kann man schreiben, lesen, vorlesen oder vorlesen lassen; man kann die gehörte Geschichte nacherzählen oder durch Examenfragen über den Erfolg der Erzählung sich vergewissern; man kann über eine Geschichte eine Predigt, einen betrachtenden Vortrag oder eine in Frag und Antwort sich fortentwickelnde Katechese halten. Aber, meint Zezschwitz,

das Wesen der narratio bestehe darin, daß der Katechet nicht Re=
ferent, sondern „Erzähler" sei und die Geschichte in freiem erzählen=
den und schildernden Vortrage seiner Zuhörerschaft gleichsam drama=
tisch darstelle. Daran hat der heil. Augustin gewiß nicht gedacht:
bei ihm bezeichnet narratio eine Sache, eine Geschichte, einen kateche=
tischen Lehrstoff und dessen pragmatische Verarbeitung; bei Zezschwitz
aber hätte narratio nur rhetorische und declamatorische Bedeutung
als Bezeichnung einer bestimmten Art mündlichen Vortrags. Aller=
dings soll der Katechet und Lehrer ein „Erzähler" sein; aber die
Erzählung in diesem Sinne ist doch keine spezifisch katechetische Me=
thode und eignet sich für andere Unterrichtsfächer, zumal für Profan=
Geschichte, eben so gut. Auf unsern Grundsatz: „Kein Katechismus
ohne Geschichte" angewendet, würde Zezschwitz hiemit nichts anderes
gesagt haben als dieses: Der Katechismus soll ein freier erzählen=
der Geschichtsvortrag sein. Damit ist aber über das in Frage steh=
ende Verhältniß zwischen Katechismus und Geschichte wenig oder gar
nichts gesagt.

Die rechte Lösung über dieses gegenseitige Verhält=
niß ist nur auf Grund des Symbolums zu finden.

## III.

Zwei extreme Richtungen machen sich hier geltend: die einen
fangen mit Lehrsätzen an und bringen es nicht zur Geschichte; die
andern fangen mit Geschichte an und kommen darüber nicht mehr
zum Katechismus.

Die Ersten, die Rationalisten, trugen von jeher eine große
Verachtung gegen das historische Christenthum und gegen Christus
als geschichtliche Persönlichkeit zur Schau. Die Religion besteht ihnen
nicht so fast in Dogmen als in schönen, moralischen Wahrheiten,
und wenn sie je die Geschichte citiren, dann geschieht es nur par
exemple. In diesem Sinne sagt der protest. Pfarrer und Rationa=
list Sittig[1]): „Ist die Religionserkenntniß von der Geschichte nicht
ganz verschieden?" Jene ist moralisch, diese ist historisch...
„Das Wesentliche jeder Religion machen die moralischen Glaubens=
Lehren aus, die uns Jesus mit besonderer Klarheit, Reinheit und
Würde vorgetragen hat, ohne Rücksicht auf seine persönliche Würde
und Herkunft und auf alles, was er gethan und gelitten hat; denn
wenn wir dieses auch nicht wüßten, so würde uns doch
seine Lehre gleich schätzbar sein.... Wenn jemand an
der hohen Würde Jesu und seiner außerordentlichen Herkunft und
an seinen Wunderthaten zweifelte, aber seine Lehre annähme
und befolgte, wäre der nicht schon ein guter Christ und
Bekenner seiner Lehre?"

---

¹) In seiner Recension über die „biblischen Geschichten von Morgen=
besser". Jenaer Literatur-Zeitung 1816 Nro. 118.

Die andere extreme Richtung, durch Ewald, Schleiermacher und neuerdings in Württemberg stark vertreten, will nur ein biblisch=historisches Christenthum, keine abstracten Dogmen und Lehrmeinungen. Ihr geht der Katechismus in der biblischen Geschichte auf. Schon 1816 machte Ewald den Vorschlag, einen Katechismus zu schaffen, der einfach dem historischen Gange der Bibel folge, und in seinen Briefen (Heidelberg 1819) wollte er Eltern und Lehrern beweisen, daß „Bibelgeschichte das einzig wahre Bildungsmittel zu christlicher Religiosität sei", mit dem Hintergedanken, daß mit Geschichte nicht nur grundgelegt, sondern jeder Katechismus als Lehrbegriff unnöthig gemacht werden sollte.

Allein Christus der Herr hat zu den Aposteln nicht gesagt: Gehet hin, erzählet allen Völkern biblische Geschichten; sondern „gehet hin, lehret sie, taufet sie, lehret sie alles halten, was ich euch gesagt habe!" Hier ist die Rede von ganz bestimmten Wahrheiten, die gelehrt; von ganz bestimmten Geboten, die gehalten; von ganz bestimmten Sacramenten, die gespendet werden sollen. Nun eben diese Glaubenswahrheiten, diese Gebote, diese Cultushandlungen machen den Inhalt des Katechismus aus. Da aber Christus ein Mann war mächtig in That und Wort, und die Apostel auf=tragsgemäß nicht blos predigten, was Jesus gelehrt, sondern auch was er gethan: darum ist im Hauptstücke vom Glauben außer den Lehrsätzen auch schon Geschichte enthalten und damit die unzer=trennliche Einheit von Lehre und That, von Katechismus und Ge=schichte gegeben. „Kein Katechismus ohne Geschichte! — keine Ge=schichte ohne Katechismus!" —

Die katholische Kirche hat überhaupt diesen ihr fremden Be=griff von Katechismus nie sich angeeignet, als ob derselbe nur ein „Lehrbegriff" von abstracten Sätzen wäre im Gegensatz zur leben=digen Geschichte. Seit den ältesten Zeiten, im Mittelalter und bis herab auf Luther, herrschte der Begriff der lebendigen Hand=lung bei dem katechetischen Lehrvortrage so ausschließlich vor, daß die Möglichkeit, durch Catechismus auch ein Buch bezeichnet zu ver=stehen, damals gar nicht existirte[1]). Der Catechismus galt wie der Exorcismus als liturgischer Act, durch welchen der Taufcandidat gleichsam an der Hand der Kirche in ihren Glauben, in ihre Ge=bote, in ihren Cultus eingeführt und eingeübt wurde. Lehre und Leben, Dogma und Geschichte zu trennen, wäre da niemanden ein=gefallen. Erst seit der Reformation ist der Katechismus ein „Buch" geworden, daraus man lernt, was ein Christ zu „wissen" braucht. Dadurch ist die unterrichtliche Bereitung der Jugend zum Haupt=Zwecke erhoben und so das Wissen vom Leben getrennt, das Dogma

---

[1]) Zezschwitz I pag. 17.

als abstracter Lehrsatz der Geschichte und ihren Thatsachen gegen=
übergestellt worden. Daher fassen Hirscher, Palmer u. s. w. den
Katechismus als etwas Abstractes im Gegensatz zu den Offenbarungs=
Thatsachen ¹).

Nun ist aber der katholische Katechismus vielmehr das Con=
creteste, das Thatsächlichste, was es nur geben kann, und sind in
demselben Lehre und Geschichte so innigst und unzertrennlich ver=
bunden, wie Leib und Seele die lebendige Wesenseinheit des Menschen
bilden.

Im Taufkatechismus ist das erste das Kreuzzeichen auf Stirn
und Brust, wodurch der Mensch zum Christen wird im Namen
des Vaters und des Sohnes und des heiligen Geistes. Das Kreuz
Christi ist ein großes Stück Religionsgeschichte, und so oft man
dieses Zeichen macht, ist es ein Glaubensbekenntniß, ein Gebetsact.
Im Kreuze haben wir die erste Summa der christlichen Glaubens=,
Sitten= und Cultuslehre: Das Eine Kreuz dreimal gezeichnet im
Namen des Vaters, des Sohnes und des heiligen Geistes ist ein
Symbolum in nuce; das Kreuz mit seinen zwei Balken predigt das
Doppelgebot der Liebe, wie es Christus am Kreuze geübt hat und
jeder Christ es üben soll, indem der erste Balken von der Erde zum
Himmel gehend, die Liebe des Menschen hinauf zu Gott, und der
andere Balken, von rechts nach links die Arme ausspannend, die
allumfassende Nächstenliebe sinnbildet. Endlich ist das Kreuz das
von Sünden erlösende und Gnaden spendende Medium, welches bei
allen Sacramenten und zumal beim liturgischen Opfer sichtbar wird
— fulget crucis mysterium. Wenn also die Kirche ihre Taufkin=
der mit dem Kreuze bezeichnet und sie dadurch zu Christen macht, so
nennt sie das mit Recht ihren ersten Katechismus (catechizari); und
wenn die christliche Mutter ihr neugetauftes Kind täglich mit Weih=
Wasser besprengt und mit dem Kreuze bezeichnet, so ist das jedes=
mal eine Summula doctrinæ christianæ, gleichwie es für uns Er=
wachsene eine Repetition des Taufkatechismus ist, so oft wir uns
andächtig mit dem Kreuze segnen im Namen des Vaters unsers
Schöpfers, im Namen des Sohnes unsers Erlösers, im Namen des
heiligen Geistes unsers Heilig= und Seligmachers.

Der Mensch soll aber bei der Taufe nicht blos Christ, sondern
katholischer Christ werden; darum empfängt ihn die katholische
Kirche und deutet ihm das Geheimniß des Kreuzes, in welchem all
ihr Glauben, all ihr Lieben und ihr ganzer Opfercultus gipfelt.
Die Kirche beginnt ihren Kreuz=Katechismus mit dem apostolischen

---

¹) Trotz besserer Einsicht fällt Zezschwitz in sein protestantisches Vor=
urtheil zurück, wenn er sagt: Im Mittelalter herrschte in der Volksschule
ausschließlich der Katechismus, wie in der Theologie der dogmatische Lehrsatz,
weil der Sinn für geschichtliche Entwicklung fehlte. II 2 1 pag. 84.

Symbolum, weil der Glaube in allweg Anfang, Wurzel und Fundament des ganzen Heilsstandes, also auch der kirchlichen Unterweisung
ist. Aber das Symbolum ist im Munde der Kirche nicht etwa blos
ein Reihe von Lehrsätzen, sondern vielmehr ein Glaubensact, ein
liturgisches Gebet; der Täufling soll dasselbe nicht nur lernen und
verstehen, er soll es glauben und beten sein Leben lang, damit er
sich dadurch immer tiefer in das Leben Christi und der Kirche hinein-
bete und hineinlebe. Den Eltern und namentlich den Taufpathen ist
es Gewissenspflicht, die Getauften in den Lehr- und Geschichtsinhalt
des Symbolums theoretisch und praktisch einzuführen, wobei Schule
und Kirche ihnen die hilfreiche Hand bieten.

Die katholische Kirche kennt aber keinen allein und ohne Liebe
seligmachenden Glauben; sie will keinen „todten" Glauben ohne
Werke, kein bloßes Wissen der Glaubenswahrheiten, wie die Refor-
matoren, sondern ein Wissen, um darnach zu leben; eine Lehre, die
sofort in freie Thaten sich umsetzt. Darum sagt die Kirche in ihrem
Kreuzkatechismus bei der Taufe: „Der Glaube, den du von mir
verlangst, gibt zwar das ewige Leben. Willst du aber zum Leben
eingehen, so halte die Gebote: Liebe Gott über alles — Liebe
den Nächsten wie dich selbst!" In diesem Doppelgebote, das Christus am Kreuze in Wort und That gelehrt hat, hängt das ganze
Gesetz und die Propheten. In ihm hat der altjüdische Dekalog seine
neuchristliche Erfüllung gefunden. Die ganze christliche Erziehung
hat zur Aufgabe, das getaufte Kind in und nach diesen zwei Liebes-
geboten großwachsen zu lassen, nicht sofast durch lehrhaftes Ein-
lernen, als vielmehr durch Angewöhnung derselben. Leben soll Leben
wecken; deßhalb sollen die Eltern und Erzieher und alle Erwachsenen ihr Licht leuchten lassen, damit die Kinder ihre guten Werke
sehen, und was sie sehen, auch selber thun. Da ist nichts Abstractes, kein speculatives Moralgesetz, wenig Memoriren und Dociren; — alles ist da That und Leben.

Damit aber kirchliche Lebenskraft und sittliche Thatenlust nicht
versiege im Strudel irdischen Treibens, führt die Kirche ihren Täufling in die Kirche ein und hin zu den Lebensquellen der hl. Sacramente, zumal zum „Brode des Lebens" im hl. Opfer. „Ingredere
in templum Dei, ut habeas partem cum Christo in vitam aeternam." Das ist der dritte Theil des Kreuzkatechismus,
in welchem die Kirche ihre Kinder bei der Taufe, bei den Sacramenten und beim täglichen Gottesdienste immer wieder zum Kreuze
und zu den fünf Wunden des Gekreuzigten ruft, um sie daraus
frisches, christliches und kirchliches Leben trinken zu lassen. In diesem Katechismus handelt es sich weniger um die Begriffe der Sacramente, des eucharistischen Opfers und des Gebetes, als vielmehr um
das Opfern, um das Beten, um das Empfangen der Sacramente

selbst. Wie dieser katechetische Unterricht von Eltern und Taufpathen im Mittelalter nicht begrifflich, sondern anschaulich und thatsächlich gegeben wurde, bezeugt Cochläus in seiner Schrift: An expediat laicis, legere novum Testamentum lingua vernacula: „Ich weiß es, daß bei uns Deutschen, bevor das Lutherthum einriß, die Eltern ihre noch lallenden Kinder das Vater unser, den englischen Gruß, den Glauben und die zehn Gebote lehrten, damit sie zu beten wüßten, ehe sie fertig zu reden oder sicher zu gehen vermöchten. Auf den Armen ihrer Mütter oder der Mägde wurden die Kindlein in die Kirchen mitgenommen, damit sie dem hl. Meßopfer, der Predigt und den Gesängen beiwohnten und so die frommen Gebräuche unserer Religion durch Hören und Sehen lernten und gleichsam mit der Muttermilch einsaugten, bevor ihnen noch die innewohnende Neigung zum Bösen Hindernisse bereitete."

Ja, Zezschwitz hat Recht: „damals herrschte in der Volks= schule der Katechismus"; aber nicht wie ein dogmatischer Lehrsatz, sondern wie ein Stück deutscher Volks= und Kirchengeschichte.

Wollte Gott, daß auch heutzutage bei unsern geordneten Schul= Verhältnissen der alte Kreuz=Katechismus mit seiner Trilogie: Sym= bolum, Dekalog und Cultuslehre — nicht auf dem Cothurnus der Begriffe einherginge, sondern darauf angelegt würde, um das Fa= milien= und öffentliche Leben wieder beherrschen zu können.

Es bleibt noch übrig, kurz anzudeuten, wie Lehre und Geschichte des Kreuz=Katechismus auf die verschiedenen Klassen der Volksschule sich vertheilen, wobei nicht zu vergessen ist, daß die localen Verhält= nisse sowie die geistigen Anlagen und Bildungsstufen derart mannig= faltig sind, daß es, im Ganzen genommen, immer dem Katecheten überlassen bleiben muß, wie weit er es mit seinem Lehrpensum je= weilig bringen könne.

Für die Vorbereitungsklasse eignet sich nur der mündliche Unter= richt über das in der Taufe empfangene Kreuzzeichen im Namen des Vaters (Schöpfung und Sündenfall),
im Namen des Sohnes (Erlösung, Geburt, Tod, Auferstehung ꝛc.
   im Anschluß an das Kirchenjahr),
im Namen des hl. Geistes (Pfingsten; — Sinai; Taufe, Firmung,
   Opfer, Gebete — Pater — Ave ꝛc.)
Credo als Wiederholung des Ganzen.

Hier ist Lehre und Geschichte, sich gegenseitig ergänzend. Die Geschichte ist lehrhaft; die Lehre ist geschichtlich und bildet ein orga= nisches Ganze in der einfachst=kindlichen Weise, grundlegend zugleich für den Unterricht der höheren Klassen [1]).

---

[1]) Comenius sagt: „Mögen die Kinder anfangs immerhin nicht ver= stehen, was sie thun; das Verständniß findet sich später." Daher bezeichnet er nicht nur das Vater unser, sondern auch den Glauben als entsprech= enden Lehrstoff für Kinder von sechs Jahren. —

Die Schüler des zweiten und dritten Jahres erhalten den s. g. kleinen, den Stammkatechismus, welcher nichts als den kirchlich formulirten Text der Glaubens-, Sitten- und Cultuslehre enthält, aber ohne Auflösung derselben in Fragen und Antworten. Höchstens finden einige Uebergangsfragen Platz, durch welche die einzelnen Katechismustheile als zu einem Ganzen organisch verbunden erscheinen.

Von dem Factum der Taufe ausgehend, gliedert sich der Katechismus in drei Hauptstücke:

I. **Glaube:** Text des Symbolums.

II. **Gebote:** Text der Gebote Gottes und der Kirche. Gute und böse Werke.

III. **Sacramente und Gottesdienst.** Aufzählung der 7 Sacramente. Das allerheiligste ist die Eucharistie, unser Opfer, in welchem Christus und die Kirche betet. Wir beten mit im Pater noster, Ave, woran sich die täglichen gottesdienstlichen Uebungen anschließen.

Als Anhang wird für etwaigen Bedarf der Unterricht für Erstbeichtende beigegeben.

Hiemit ist der Memorirstoff für diese zwei Jahrgänge gegeben, zugleich die Grundlage für den Religionsunterricht der künftigen Jahre.

Das erste Hauptstück — vom Symbolum — wird geschichtlich behandelt nach den Musterkatechesen von Mey, immer praktisch anschließend an den Festcyclus des Kirchenjahres.

Das zweite Hauptstück wird gebaut auf die Geschichte der sinaitischen Gesetzgebung am Pfingstfeste des alten Bundes, dann auf die Stiftung der Kirche am Pfingstfeste des neuen Bundes.

Das dritte Hauptstück von den Sacramenten und vom Gottesdienste wird veranschaulicht und praktisch erklärt durch Einführung in die Kirche und ihre liturgischen Uebungen — je nach Fassungskraft dieser Altersklasse.

Im 4. Schuljahre wird den Kindern der eigentliche Schul-Katechismus behändigt, welcher nichts anders ist als der bisherige Stammkatechismus, dessen Text aber jetzt in Fragen und Antworten aufgelöst ist, um seinen Inhalt in mehr begreiflicher Weise dem Verständnisse bleibend zu vermitteln. Daneben tritt aber jetzt die biblische Geschichte selbstständig auf, als Kirchengeschichte bis auf unsere Tage fortgeführt nach dem Abriß von Deharbe. Dieser geschichtliche Stoff soll durch verständiges Lesen und Erklären, durch Nacherzählenlassen und theilweises Memoriren, namentlich aber dadurch den Schülern geistig angeeignet werden, daß der Inhalt der Geschichten mit dem Katechismusinhalt in beständige Wechselbeziehung durch den Katecheten gesetzt wird. Dadurch lassen sich die einzelnen Glaubensartikel als geschichtliche Wahrheit begründen, während für die Gebote und die Sakramentenlehre aus der biblischen Geschichte die anschaulichen Beispiele entnommen werden können.

Zezschwitz stellt als Princip auf, daß die biblische Geschichte die Stelle selbstständiger Vertretung des Religionsunterrichtes als solchen einnimmt, auf erster Stufe denselben ganz und ausschließlich ersetzend, während später dieser als Katechismusunterricht zugleich neben dem fortgesetzten historischen Unterrichte eintritt[1]). Dagegen ist nur zu bemerken, daß man, wenn in den ersten drei Schuljahren die Geschichte den Katechismus ganz ersetzen und ausschließen würde, nur Bruchstücke von Geschichten aber keine Geschichte als Ganzes erhielte. Nun aber fordert De Wette[2]) schon bei dem Lehrgange der biblischen Geschichte auf unterer Stufe, daß über der Einzelerzählung die Einheit der Geschichte nicht aus dem Auge verloren werde, sondern was später als „Pragmatismus" hervortritt, hier den Hintergrund der Anordnung bilde. Dieser zusammenfassende Hintergrund ist aber eben im Symbolum des Katechismus gegeben; somit kann auch in den Unterklassen die Geschichte des Katechismus nicht entbehren, doch sind beide hier noch ineinander und erst später nebeneinander.

Hiemit ist das Verhältniß des Katechismus zur Geschichte klar gelegt: Die Rationalisten wollen einen Vernunftkatechismus ohne Geschichte; die Narrationalisten wollen Geschichte ohne Katechismus; der hl. Augustin will für den Proselyten=Unterricht Geschichte, bevor dieselben zum Taufkatechismus zugelassen werden; seit Einführung der Kindertaufe ist im Symbolum auf erster Linie die Geschichte im Katechismus, während sie später als eigener Unterrichts=Gegenstand neben dem Katechismus auftritt, als Exempel und Belegstelle kommt die Geschichte nach der Lehre. So ist die narratio des hl. Augustin in seinem Büchlein de catechizandis rudibus zum rothen Faden geworden, an welchem die Geschichte der Katechismus=Frage sich abgewickelt hat bis auf den heutigen Tag.

[1]) Zezschwitz II 2. 1 pag. 123.

[2]) De Wette, Biblische Geschichte als Geschichte der Offenbarung Gottes. Berlin, 1846.

# Geschäfts-Empfehlung.

Einem hochwürdigen Clerus empfiehlt der Unter-
fertigte seine mit den neuesten Schriften ausgestattete

# BUCHDRUCKEREI

bestens und fertigt alle in dieses Fach einschlägigen

Arbeiten rasch und zu

billigsten Preisen.

Desgleichen empfiehlt derselbe seine

## Buchhandlung

zum Bezuge von **Werken** und **Zeit-Schriften**, sowie sein grosses Lager von **Heiligenbildern** aller Art.

## LEO RUSSY'S

Buchdruckerei und Buchhandlung

in Dingolfing.